JN014828

元聖女ヒロインの私、続編ではモブなのに全ステータス（好感度を含む）がカンストしているんですが 2

Moto Seijo Heroine no watashi, Zokuhen deha Mob nanoni Zen Status ga Kansuto Shiteirundesuga

著 琴子 KOTOKO

画 藤丸 豆ノ介

MENU
New Game
Gallery
Contents
Option
Extra
Game Top
AUTO
SKIP
SAVE
LOAD

第一章　一度目の異世界

柔らかな日差しが差し込み、窓の隙間からは小鳥のさえずりが聞こえてくる、穏やかな昼下がり。

私は今日も朝から執務室にて、読書をして過ごしていた。

「……ふう」

読み終えた本をそっと閉じ、息を吐く。以前私を殺した男に襲われてから一カ月が経つけれど、相変わらず私は常にアルヴィン様の側で一日を過ごしている。

それを当たり前のように感じ、慣れてしまっているのが恐ろしい。アルヴィン様は誰よりも忙しいし、このままの生活はお互いにとってよくないはず。

そう思った私は、金色の長い睫毛を伏せ、書類に目を通していたアルヴィン様に声をかけた。

「読み終えてしまったので、図書館へ行ってきますね」

「うん、あと一分だけ待ってもらってもいい？」

「あのアルヴィン様、一人でも大丈夫です。毎回取りに行くのも大変なので、そのまま図書館にいようかなと」

「それなら俺も図書館で仕事をするよ。……ああ、ここに図書室を作ればいいのかな」

「？？？？？」

何を言っているのだろう。けれど彼なら本当に一晩でここに図書室を作ってしまいそうだった。

「護衛もつけていただいていますし、しばらく強制イベントはないはずなので大丈夫ですよ」

私の言葉に対し、アルヴィン様は首を左右に振る。

「ごめんね、ニナが視界にいないと不安なんだ」

「うっ……」

きゅっと右手を大きな手のひらで握られ、縋（すが）るような視線を向けられた。

私はアルヴィン様のこの顔に、めっぽう弱い。私が襲われた時、どれほど心配してくれたか、心を痛めたか知っているからこそ、最近は余計に心が揺らいでしまう。

「で、では一緒に行ってもらってもいいですか？」

「もちろん。ありがとう」

ほっとした笑顔に、小さく心臓が跳ねる。やっぱりアルヴィン様といると安心して、心のどこかで私も側にいたいと思っていることにも気が付いていた。

繋（つな）がれたままの手のひらも顔も、じわじわと熱くなっていく。最近はずっとこんな調子で、自分が自分ではなくなっていく感覚が、少しだけ怖い。

そんなことを考えていると、不意に元気なノック音が執務室に響いた。アルヴィン様もすぐに誰か分かったらしくドアへ視線を向け、溜め息を吐く。

　中へ入ってきたのは、予想通りテオだった。

「ニナ、一緒に昼飯食おうぜ！」

「悪いがニナは俺と二人きりで食べる予定なんだ」

「は？　お前ばっかニナを独り占めしやがって」

「ええと私、ラーラと食べる約束してるんですが……」

「…………」

「…………」

「うん、みんなで食べよう」

　連日、アルヴィン様とテオは私を取り合っての些細（ささい）な喧嘩（けんか）が絶えない。時折火に油を注ぐように
オーウェン達も交ざるから、場はカオスになる。

　そしてその原因も、分かっていた。

　実は先週、ようやく気持ちが落ち着いた私は、あの男について調べるためにも、アルヴィン様や
みんなに元の世界に戻った時のこと――殺された時の話をしたのだ。

「ニナ、気分が悪くなったりしたらすぐに話すのをやめていいからね。無理はしないで」

　隣に座っていたアルヴィン様は、ずっと私を気遣う様子を見せてくれていた。

「はい、ありがとうございます。……二年前、魔王討伐を終えて帰ってきた後、私はみんなに何か

贈り物をしたくて、こっそり街へ出掛けたんです」

そう、普段は「聖女」という立場のため、一人で出掛けることは一度もなかったというのに。

『やっと一人になってくれたね』

あの頃の私はきっと、慢心していた。全ステータスがカンストしており、魔王も倒している。怖いものなど何もないと油断しきっていたんだと思う。

買い物を終えた帰り道、近道をしようと人気のない路地裏を通った際、あの男に攫われた。私一人では到底敵わないくらい、圧倒的な力の差に捩じ伏せられたのだ。

『ニナ、痛い？　苦しい？　ははっ、泣かないでよ』

『……っう……』

それからは血生臭い小屋で時間をかけて惨たらしい殺され方をして、私は命を落とした。

次に目を覚ました時には、元の世界の自分の部屋で倒れていた。元の世界での私は異世界で過ごしていた一年間、失踪扱いになっていたという。

どうして戻ってきたんだと言いたげな継母の顔が、今でも忘れられない。

「っニナ、本当に、ごめんな……」

平静を装って話したつもりだったのに、やはり動揺が滲み出ていたのかもしれない。

テオはぽろぽろと涙を流し、みんなもまた悲痛な、悔やむような表情を浮かべていた。

「私が悪いの！　勝手に一人で出掛けたせいだから。それに大丈夫だよ、元の世界に戻っただけだもの」

「嘘つくなよ、酷い殺され方したんだろ！　何十回も焼いたり、っ刺したり、したって……！」

「……っ」

「テオ、落ち着きなさい」

泣きじゃくるテオを、ラーラが宥める。きっとテオは、あの男の言葉を覚えていたのだろう。

『何回も何十回も刺して焼いて、楽しかったなあ。ニナはね、それはもういい声で鳴いてくれた』

あの時のことを思い出すと、吐き気が込み上げてきて泣きたくなった。けれど、今動揺しては心配をかけてしまうだろうと、必死に明るく振る舞おうとする。

「確かにちょっと痛かったけど、今はこうして生きてるし」

ね？　と笑みを浮かべてみても、誰もが口を閉ざしたまま。特にこの時初めて知ったディルクとオーウェンはひどくショックを受けた様子で、胸が痛んだ。

「ごめんね。君がそんな目に遭っていたなんて知らず、僕達はのうのうと暮らしていたんだから」

「……すまない」

「ううん！　悪いのはそもそもあの男だし、とにかくこれからのことを考えよう」

アルヴィン様が身体を切り刻み、頭を潰して姿が消えても「またね」という声が場に響いたのだ。間違いなく、あの男はまだ生きている。

「……あいつの狙いは『聖女』なんだろう？　ニナはこの先、絶対に俺の側から離れないで」

そう言ったアルヴィン様の手は、血が滲んでしまうのではないかというくらい、きつく握りしめられていた。

地方の神殿にいるエリカも厳重に守られており、ラーラの黒魔法でも繋がっていて、緊急時は王城へ転移することになっているそうだ。

「俺達だっているからな！　ニナ！」

「そうよ、私達がついているから安心して」

「ああ。次は絶対に守ってみせる」

「みんな……ありがとう」

「僕の方でも調査は引き続き進めるよ」

「うん、よろしくお願いします」

結果、過保護な三人が五人になり、私はベッドに入るまで一人の時間がゼロの日々が続いている。

もちろん私も大好きなみんなと一緒に過ごせるのは嬉しいけれど、流石に誰と食事をとるか、散歩に行くかという些細なことで毎回口論になるのは頭が痛くなる。

「ニナちゃーん、お迎えに来たわよ！　ってやだ、こいつらも一緒なの？　女子会なのに」

「女子？　どこに二人目の女子が——痛ってえ！」

「舌引っこ抜くわよクソガキ」

「さ、行こうかニナ」

「…………」

そうして私は今日も、賑やかすぎるランチタイムを過ごすことになる。

翌日の午後、私は王城の裏の森の屋敷で、エリカと通信用の魔道具で話をしながら遠隔お茶会をしていた。

《ニナさん！　今日もお話しできて嬉しいです！》

「こちらこそ。エリカも変わりないようで良かった」

アルヴィン様は大事な会議があるらしく、他のメンバーもエリカと二人きりで積もる話もあるだろうと気を遣ってくれたようで、今この空間には私一人だ。

「そっちはどう？　落ち着いたら遊びに行きたいって、アルヴィン様にお願いしてるところなんだ」

《わあ、ぜひお願いします！　朝から晩まで特訓をしてばかりなので、観光もできていなくて……あっ、昨日はDランクの魔物を倒せたんです！》

「えっ、すごいね！　本当にすごいよ！」

エリカは厳しい特訓の末、聖魔法のコツを摑んだようで、めきめきと成長しているという。

ララが予言した邪竜の討伐イベントまで刻々と時は迫っているけれど、この様子ならエリカの力で倒せるかもしれないと、胸を撫で下ろす。

「エリカは元々魔力量が多いもの、私よりずっとすごい聖女になれるよ」

《そんな、ニナさんは本当にすごい聖女ですから！》

「それに私も最初は、かなり苦労したし」

いきなり異世界に飛ばされ、魔法を使って魔王を倒せなんて言われては、誰だって戸惑うに決まっている。

エリカは「あ、そうだ！」と両手を合わせると、水晶型の魔道具にぐっと顔を近づけた。

《当時のニナさんのお話、聞いてみたいと思っていたんです！　皆さんのことも知りたくて》

よほど興味があるらしく、アイスブルーの大きな瞳をきらきらと輝かせている。

「そんなに面白い話はないけど、それでもよければ」

《はいっ！　お願いします！》

「ふふ、どこから話そうかな」

私はティーカップをソーサーに置くと、一度目にこの世界に来た時のことを話し始めた。

「彼女が第十四代聖女となったニナだ。突然この世界に来て戸惑っているだろうから、みんな気遣

うようにね」

突如、人気乙女ゲーム『剣と魔法のアドレセンス』の世界に転移した私は、攻略対象のオーウェンからこの世界や聖女についてざっくり聞かされた後、みんなに紹介された。

それでも、いきなり貴女は聖女なので魔法が使えます、仲間と共に魔王を倒してくださいなんて言われたところで、はい分かりましたと現実を受け入れられるはずもなく。

自分に起きている出来事が未だに現実だとは思えず、こっそり手の甲をつねってみたりしていた。

「わあ……」

そして目の前には美男美女のキャラクター達がずらりと並び、私を見つめているのだ。あまりの圧と現実離れした眩い光景に、眩暈すらした。

「仁奈です。よ、よろしくお願いします！」

私はそれだけ言うのが精一杯で、大会議室と呼ばれる部屋にはしんとした重い沈黙が流れる。

そもそも六人だけで使うには、広すぎる気がしてならなかった。

「…………」

「…………」

ゲームと同じだったのはプロローグ部分だけで、キャラクター達の態度も言葉も明らかに違う。

何もかもがゲーム通りではないのかもしれないと、気付いてしまう。

歓迎ムードではない空気を感じ、息苦しさを感じていると、口を開いたのはテオだった。

「へー、異世界の人間ってこんな感じなのか。普通の子供って感じだな。すぐ死にそうじゃん」

「ニナは十六歳だからテオと同い年だよ。分からないことも多いだろうし、色々と教えてあげてくれないかな」

「いいぜ。俺はテオ、エルフなんだ。よろしくな！」

「こちらこそ、よろしくお願いします」

「同い年なんだろ？　敬語なんていらねえよ」

人懐っこい笑みを浮かべ、差し出してくれたテオの右手を握り返す。その手はとても大きくて、温かい。

——私は当初、目の前の人々をゲームのキャラクターとして認識していた。けれど、この世界ではみんな生きている一人の人間なのだと実感した瞬間だった。

「お前の世界の話も聞かせてくれよ」

「うん、もちろん！」

天真爛漫（てんしんらんまん）なテオは、私の暮らしていた世界に興味があるらしい。美しい薄緑色の髪やエメラルドのような瞳がきらきらと眩（まぶ）しくて、目がチカチカとする。

テオが口を閉ざすと場には再び静寂が訪れ、オーウェンは呆（あき）れたような表情を浮かべた。

「それぞれ、自己紹介くらいしたらどうかな？」

「……騎士団長を務めている、ディルク・ブライスだ。よろしく頼む」

「ディルクさん、こちらこそよろしくお願いします」

ディルクは元々口数が少なく、女性に対して人見知りな面もあり、目が合った瞬間に顔を背けられてしまう。

そんな中、アルヴィン様とラーラは黙ったまま。私に一切興味がないらしく、こちらを見ようともしない。

オーウェンが責めるように二人の名前を呼ぶと、ラーラは溜め息を吐き、冷ややかな眼差(まなざ)しを私へ向けた。

「こんな小娘が世界を救う聖女だなんて、信じられないんだけど。本当に聖魔法が使えるの？」

「えっ？ ええと、分かりません。魔法を使ったことがないですし、使い方も知らなくて……」

「はっ、一年後には魔王が復活するってのに悠長ねえ」

「ニナは間違いなく聖魔法が使えるよ。彼女の世界に魔法はないんだし、練習していけばいい」

オーウェンがフォローしてくれたものの、ラーラの言葉や態度からは、明確な拒絶を感じる。

この場にいる五人はそれぞれ剣や魔法を極めており、絶大な力を持っているのだ。異世界から来た人間なんかに頼るのは、不本意なのかもしれない。

とは言え、聖女の魔力でしか魔王を完全に倒すことはできないため、私の存在を無視はできないのだろう。

重苦しい雰囲気に耐えきれずオーウェンへ縋る視線を向ければ、彼は眉尻を下げて微笑(ほほえ)んだ。

「気を遣わせてしまってごめんね。彼はワイマーク王国第一王子のアルヴィン。我が国で一番の魔法使いなんだ。そして、彼女は黒魔法使いのラーラ」

オーウェンが紹介してくれても、二人に反応はない。

肩を竦めたオーウェンは、一息ついて続けた。

「明日の夜には王城内でニナの歓迎パーティーが開かれる予定だから、みんな参加するようにね」

「私はパス。そもそも歓迎してないし」

ラーラはそれだけ言うと立ち上がり、美しく長い紫色の髪を靡かせて大会議室を出ていく。

「俺も聖女になど興味はない。勝手にしてくれ」

そしてアルヴィン様もまた私を見ることなく、静かに部屋を後にした。

私達四人が残された室内には気まずい空気が流れ、オーウェンは再び溜め息を吐く。

「ごめんね、二人は警戒心が強いんだ。悪い人達ではないから、どうか嫌いにならないでほしい」

「は、はい。大丈夫です」

ゲームをプレイした私は彼らのことをそれなりに知っており、一緒に長旅をした仲間のような感覚もあった。だからこそ冷たくされると、心にくるものはある。

それでも彼らからすれば私は初対面の他人、それも得体の知れない人間でしかないのだ。これから少しずつ私のことを知ってもらい、仲良くなりたいと思った。

「ま、あいつらのことは気にすんなよ！　あんな態度はお前にだけじゃなくて、みんなにだしさ」

「うん、ありがとう」

「僕達もついているから安心して。ほら、ディルクも」

「……何かあれば、言ってほしい」

「はい。精一杯頑張るので、よろしくお願いします！」

そうして好感度を含め全てのステータスがゼロの、私の異世界での一度目の生活が幕を開けた。

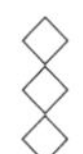

翌日からは本格的にこの世界について、聖女について、魔法について学び、特訓する日々が始まった。

不安や戸惑いなんて感じる暇がないくらい朝から晩まで予定を詰め込み、必死に「聖女」になろうとした。

「わあ……きれい……！」

初めて魔法を使った時のことは、今でも覚えている。

ほんの一瞬、手のひらからぽわっと淡い光が出ただけだったけれど、本当に私が魔法なんてファンタジーなものを使えることに心底感動し、胸が弾んだ——けれど。

「はあ、っはあ……」

「大丈夫？　少し休もうか」

「まだ、大丈夫、です」

聖魔法を使いこなせるようになるまでは、それはもう苦労をした。オーウェンから指導を受けていたものの、やはり感覚が違うのか上手くいかない。

「やっぱり聖魔法っていうのは特殊なんだね。ここまで扱うのが難しいとは思わなかったよ」

ゲームでは、ボタンを押すだけだったのに。

焦燥感が募っていき、本当に聖女としての役割を果たせるのか、この世界を救えるのかという不安に押し潰されそうになった日もあった。

けれど、私はヒロインなのだ。絶対に使いこなせるようになるはずだと信じて、そうならなければならないと自身に言い聞かせて、ひたすら努力を重ねた。

「ニナは頑張り屋さんだね。でも、無理はしないで。君の代わりはいないんだから」

こくりと頷けば、オーウェンはふっと赤い目を柔らかく細め、真っ白な手で私の頬に触れる。

「そうだ、僕にも敬語はいらないよ。ニナとは仲間以上の関係になりたいし、オーウェンでいい」

「…………」

「あ、その全く信じてない顔いいね。好きになりそう」

「…………」

ゲームをプレイしていた時は友情大団円エンドを迎えたため、みんなのことは広く浅く知っているだけだった。

中でもオーウェンは女好きのキャラだと知っていたものの、想像以上だった。いつだって距離は近いし、隙あらばこうして口説いてくる。

誰にでも言っているんだろうと毎回スルーしているけれど、全く懲りる様子はない。

「じゃあ、お言葉に甘えて敬語はやめるね。私、オーウェンやみんなと仲良くなりたいんだ」

「うん。ニナならきっとなれるよ」

「ありがとう！　よし、もう一回お願いします！」

それでもひとりぼっちの私を一番気遣ってくれていたのもオーウェンで、彼の存在にはかなり助けられていた。

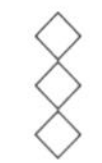

「ニナ様、何かお困りのことはございませんか？」
「はい！　むしろこんなに良くしていただいて、申し訳ないくらいで……」
「とんでもございません。ニナ様はこの世界を救ってくださる聖女様なのですから、当然です」
メイド達は丁寧に頭を下げると、私の自室——王城内にある最高級ホテルのスイートルームのような広い部屋を出ていく。

豪華な服や宝石のついたアクセサリーが部屋には並び、食事も食べきれない量のご馳走(ちそう)が三食用意される。

専属の侍女やメイドも大勢おり、お姫様かというほどの待遇に私は落ち着かなくなっていた。

「……はあ」

ハードな一日を終えてぼふりとベッドに倒れ込むと、口からは大きな溜め息が漏れる。

ちなみに元の世界に帰る方法を聞いたものの、ハッキリ「ない」と言われてしまった。てっきりクリアすれば帰れると思っていたため、驚きを隠せずにいる。

あの家に戻りたいとは思わないけれど、ここにも居場所はない気がして、心がずしりと重くなる。

これくらいでめげていては駄目だと頬を両手で叩き、ベッドから起き上がる。

「……うん、気分転換に散歩でもしよう！」

「――あ」

そうして廊下に出てすぐ、アルヴィン様に出会(でくわ)した。

メインキャラクターはみんな美形だけれど、アルヴィン様の美しさは群を抜いている。常に無表情なこともあり、まるで精巧に作られた人形みたいだった。

「あ、アルヴィン様、こんばんは」

「……ああ」

相変わらずアルヴィン様の態度は素っ気ないままで、私の顔を見ようともせず通り過ぎていく。

そしてテオが言っていた通り、こんな態度は私だけでなく全ての人に対してだった。

『アルヴィンは誰にも心を開いていないんだ。長い付き合いの僕達だけでなく、血を分けた家族にさえも』

ふとオーウェンの言葉を思い出し、胸が痛む。そんな風に生きていくのは、どれほど孤独で寂しいだろうと。

アルヴィン様がそうなってしまった理由が気になったけれど、他人以下の関係の私が聞けるはずもなかった。

それからも私は毎日、魔法の練習を続けた。言葉通り「血の滲む努力」というものをしたと思う。

聖魔法はとにかく慣れるしかなく、寝る間を惜しんでひたすら魔力を身体に馴染ませようとした。

元々何でもやり込むタイプだったし、聖女という大役を担った以上、私のせいで国が滅びたり誰かが命を落としたりするのは絶対に避けたかったからだ。

その甲斐があり、この世界に来て二カ月が経つ頃には、初級の聖魔法を使えるようになっていた。

「ステータス――よしよし、ちゃんと上がってる」

フォンという軽い音と共に空中に浮かび上がった水色のステータス画面に並ぶ数値を見て、ほっと息を吐く。

最初は苦行でしかなかった魔法の練習も、コツを掴みステータスが上昇し始めてからは楽しいと感じるようになった。成長が見えるのは嬉しいし、やりがいもある。

そうしてあっという間に三カ月が経ち、いよいよ私達六人は魔王討伐の旅に出ることとなった。

私はまだ弱いけれど、ゲームの中でも旅の途中で魔物を倒していき、レベルアップを目指すのだ。

「この馬車、揺れすぎじゃね？　吐きそうなんだけど」

「大丈夫？　車酔いって回復魔法は効くのかな」

「とりあえずかけてみてくれ……うえっ」

「回復（ヒール）──なんか変わった？」

「うーん、ちょっと楽になった気がしなくもない」

移動の馬車は私とオーウェンとテオ、アルヴィン様とディルクとラーラというメンバーで二台に分かれていた。

六人で旅をしているとはいっても、もちろん宿での部屋は別だし、食事中も半数のメンバーが喋（しゃべ）ろうとしないため、交流が増えることもなく。

「…………」

「…………」

「空気重すぎだろ、ここは葬式会場かよ！　ははっ」

「つるさいわね、黙って食べなさい」

むしろ一緒に過ごす時間は増えたのに会話はないことで、アルヴィン様達との気まずさは跳ね上がっていた。

◇◇◇

「うわ、まだ練習してたのか。寝ねえの?」

「うん。もう少しだけ練習してから寝るつもり」

夜も深くなってきた頃、宿の庭園で魔法の練習をしていると、偶然通りかかったテオが声をかけてくれる。

もう眠るところだったらしく、いつも束ねている長い髪を下ろしていて新鮮だった。

「ニナってほんと真面目だよなあ」

魔王討伐の旅が始まってからも、私はレベルアップのために努力を欠かさなかった。むしろ旅が始まってからの方が、根を詰めて練習していたかもしれない。

『邪魔よ、足手まといは下がってなさい』

『……すみません』

分かっていたことではあるけれど、みんなの圧倒的な強さを目の当たりにして、自分がどれほどお荷物な存在なのかを思い知らされたからだ。

仕方ないと分かっていても、やはり悔しい。少しでも追いつきたい、力になりたいと強く思う。

「そんな無理すると死ぬぞ、人間はひ弱だからな」

「ありがとう。でも、早く強くなりたいんだ」

「ふーん。ま、飯はいっぱい食ってたくさん寝ろよ」

「ふふ、そうする」

テオとのこんな何気ないやりとりも、とても励みになっていた。素直で明るいテオは、弟みたいで可愛い。

そんな中、高ランクの魔物が大量発生しているという森の近くの田舎町で、三日ほど滞在することになった。

「き、今日も何もできなかった……」

「仕方ないよ。今日はBランク以上しかいなかったし」

旅の途中でしっかりレベルアップをしていこうと思っていたのに、私の出る幕がさっぱりない。やはり、自主練でどうにかするしかないらしい。

「……EランクとFランクの魔物しか出ないなら、私一人でも大丈夫だよね」

この町はふたつの森に挟まれており、片方は低ランクの魔物しか出ないらしく、安全な修行の場になっているという。ご都合感のある狩場で、とてもありがたい。

そんな話を近隣住民に聞き、夕食を食べた後に早速支度をして、森へ向かおうとした時だった。

「こんな時間にどこへ行くんだ」

廊下を歩いていると前方からやってきたディルクに声をかけられ、驚いてしまう。

話しかければ必ず返事はしてくれるものの、彼の方から声をかけてくるのは初めてだった。

「えっ？　ええと、近くの森に行こうかなと」

ディルクの林檎(りんご)のような赤髪はいつもより落ち着いていて、お風呂上がりらしいことが窺(うかが)える。

彼の金色の瞳としっかり視線が絡むのも、初めてな気がした。

戸惑いながらも理由を話せば「少し待っていてくれ」と言われ、余計に困惑してしまう。

「あの、どうしてですか？」

「俺も一緒に行く。何かあっては困るだろう」

「あ、ありがとうございます……！　待ってます！」

予想外ではあったものの、ディルクの申し出はとても嬉しくて、思わず笑みがこぼれる。同時に、安堵(あんど)もしていた。安全だと分かっていても、暗い夜の森に一人で行くのは少し怖かったからだ。

それからすぐにディルクは身支度を調え、一緒に森へ向かってくれた。常に私の一歩前を歩き、少し遅れると自然に足を止めて待ってくれる。とても紳士だ。

「ディルクさんは何魔法が得意なんですか？」

「火魔法だ」

「そうなんですね。すごく似合います」

「そうか」

私が時折つまらない質問をしても、短い言葉ではあるものの、きちんと答えてくれる。ぽつりぽつりとしか会話はなかったけれど、全く気まずさは感じない。

森に着いた後、私はひたすらEランクとFランクのモンスターを狩り続けた。とにかく数をこなせば、経験値のようにステータスは上がっていく。

「浄化（プリフィケーション）……うえっ」

魔核だけを残し、じゅわっと溶けていく魔物のグロテスクさには、なかなか慣れることはない。

最初は黙って側で見守っていたディルクも、途中からアドバイスをくれるようになっていた。

「今の場合はもっと広範囲に展開した方がいい」

「分かりました！」

「獲物から目を逸（そ）らすな」

「は、はいっ！」

騎士団長であり誰よりも魔物との戦闘経験が多いディルクの指導は的確で、とても分かりやすい。

気が付けばだんだん魔物一匹の討伐にかける時間も減っていき、ぐんと効率が上がっていた。

「飲み込みが早いな」

「本当ですか？　……あの、ディルクさん、よかったら明日も教えてもらってもいいでしょうか？」

「分かった」

「えっ、いいんですか？」

「ああ」

ダメ元で恐る恐るお願いしてみたものの、あっさりと承諾してくれて驚いてしまう。嫌われているわけではないのだと、ほっとした。

――それから、二日に一度のペースでディルクは練習に付き合ってくれるようになった。

「ひっ……こ、こわ、無理無理無理無理！」

「大丈夫だ。落ち着いて目の辺りを狙ってみろ」

ディルクが一緒のお蔭でどこでも特訓できる上に、自分一人では立ち向かえない強さの魔物相手との実戦練習もできるようになった。

けれど、不意打ちでAランクの見た目が怖すぎる魔物が現れた時には腰を抜かしてしまい、ディルクがあっさりと倒した後も、立ち上がれなくなってしまった。

「……本っ当に本当にスミマセン」

「いや」

結果、宿までディルクに背負われる形になり、あまりの申し訳なさで消えてなくなりたかった。

ディルクにはお世話になりっぱなし迷惑かけっぱなしで、何ひとつお返しをできていない。地位も名誉も何でも持つ彼に対して私ができるお礼なんて、思いつかなかった。

月明かりの下、大きな背中から温もりを感じながら、ずっと気になっていたことを尋ねてみることにした。

「あの、どうしてディルクさんは、練習に付き合ってくれるんですか？」

「……いつも遅くまで一人で練習していただろう。このままでは、いつか死ぬだろうと思った」

どうやら私が毎晩、必死に努力をしていることに気付いてくれていたらしい。心配してくれていたからこそ、効率よく戦う方法も教えてくれたのだろう。

「お前は頑張りすぎだ。俺達だっているんだから、もう少し肩の力を抜いていい」

そして「きっとお前なら、聖女の役割を果たせる」というディルクの言葉に涙腺が緩んだ。

私の頑張りを見てくれていたこと、認めてくれたことが嬉しくて、胸の奥がじわじわと温かくなっていく。

「……ディルクさん、ありがとう、ございます」

「ああ」

この日をきっかけに、口下手な彼がとても優しくて思いやりのある人だと、知ることができた。

それからというもの、私は完全にディルクに懐いた。ディルクもそんな私に対して、少しずつ口数が増え、小さく笑ってくれることも多くなっていた。

「ディルク、これあげる」

「お前が食べた方がいい。ニナは細いんだ」

食事中も隣に座って会話をするようになり、いつしか呼び方や接し方も変わっていた。

「なんかお前ら、急に仲良くなったよな。夜中に二人でよく出掛けてるし、付き合ってんの？」

「げほ、っごほっ」

「まさか！　そんなわけ――ってディルク、大丈夫？」

「………ああ」

私達の様子を見ていたテオが突拍子もないことを言ったせいで、ディルクは思い切り咳き込む。

その背中をさすっていると、向かいに座っていたオーウェンが「酷いよ、ニナ」と言い出した。

「妬けるなあ、僕というものがありながら」

「何を言っているんですか？」

相変わらずだと溜め息を吐きながらも、以前よりも賑やかになったことに嬉しさを感じてしまう。

「でも、二人は本当に仲良くなったよね」

「ディルクとはひたすら魔物を狩りに行ってるもの」

「ああ。ニナと俺は友人だ」

「…………へ」

そんな中、ディルクが当然のように答えたことで、私の口からは間の抜けた声が漏れた。

次の瞬間、私は両手でディルクの手を摑んでいた。向き直り、ぎゅっと大きな手を握りしめる。

「う、嬉しい！　ディルクが私のこと、友達だと思ってくれていたなんて……！」

「あれだけ一緒にいて、他人の方がおかしいだろう」

感激する私を見て、ディルクはふっと口元を緩める。

心の中ではそうだといいなと思っていたけれど、こうして直接聞くと、とても嬉しかった。

「俺だってニナの友達だぞ」

「テ、テオ……！」

「うんうん。僕もニナの恋人だよ」

「…………」

しらーっとした視線を向けると、オーウェンは「本当にニナのその目、好きなんだよね」と笑う。

「それなら、このままディルクがニナの教育係ってことでいいんじゃないかな。最初は僕がなんとなく教えていたけど、戦闘は向いていないし困ってたからさ」

「俺は構わないが」

「アルヴィンもそれでいいかな？」

「……ああ」

静かに食事をしていたアルヴィン様が、小さく頷く。

その隣ではラーラが「暇人ねえ」と鼻で笑っていた。

「じゃあ、これで決定だね」

「ありがとう、ディルク！　これからもよろしくね」

「ああ」

こうしてディルクは私の教育係となり、今まで以上に行動を共にすることとなった。

「ねえねえディルク、この召喚魔法なんだけど……」

「すまない、そういった類は得意じゃないんだ」

馬車に揺られながら、魔法の本を片手にディルクに尋ねてみた。けれど攻撃魔法に特化した彼は苦手な分野らしく、オーウェンに聞くといいと言う。

「なんで俺には聞いてくれねえんだよ」

「テオ、分かるの？」

「まさか。さっぱり」

「…………」

今日はテオとディルクと三人で移動しており、他の三人は私達の前を走る馬車に乗っている。

私は少しの時間も無駄にしまいと、前の街の本屋で買った本を読み耽っていた。

「どれどれ……って、もうこんな難しい魔法まで進んでるのかよ。俺には他国語にしか見えねえぞ」

「一応ね。でも、これはさっぱり分からなくて」

この世界に来てから、もう四カ月が経つ。

一日も欠かさずに努力を続けていたこと、何よりディルクや周りの人々の指導のお陰で、私のステータスはかなり上昇していた。

ラスボスである魔王を倒すには、全ステータスをレベル80まで上げる必要がある。そして今の私は、平均60ほどまで上がっていた。

一気に上がったように見えるけれど、ここからはレベルをひとつ上げるのに経験値がかなり必要になってくるため、今まで以上に頑張らなければならない。

「……ゲームだと、オートもあったのにな」

今はとにかく魔王討伐のタイムリミットまで、数をこなすしかない。後はクリアまでに四回ある、経験値ががっぽり入るイベントをしっかりこなさなければ。

それらのイベントには古代竜の討伐や疫病（えきびょう）の流行（はや）る村を救うなど、様々なものがあるけれど、それらがいつ起きるか分からないのが怖いところだった。

先週、そのひとつであるスライム大量発生が起きたものの、ゲームでは転移してすぐに起きるはずのもので、明らかにタイミングが遅くなっている。

何もかもがゲームと同じではないのだと、あらためて思い知らされていた。

「ニナはすげー頑張ってるし、えらいよな」

「ああ」

「ありがとう。まだまだ頑張るね！」

街に到着したのち、宿の部屋に荷物を置いた後、早速オーウェンのもとへ向かった。

「ねえ、これについて教えてほしいんだけどいい？」

「もちろん。どれかな？」

オーウェンは私が指さした本のページに目を通し「ああ」と呟(つぶや)くと、眩しい笑みを浮かべる。

そして何故(なぜ)かぱたんと本を閉じてしまうと、ぎゅっと私に握らせた。

「ラーラの得意分野だから、ラーラに聞くといいよ」

「えっ？　いや、でも……教えてくれるとはとても思えないんですけれども……」

挨拶(あいさつ)すらまともに返してもらえないというのに、わざわざ魔法を教えてもらえるとは思えない。

オーウェンだって私とラーラの関係性は知っているはずなのに、と困惑してしまう。

「大丈夫。僕を信じて」

「……わ、分かった」

それでも、オーウェンは絶対に私を困らせるような嘘はつかないことを知っている。

こくりと頷けば、大きな手で頭を撫でられた。

「ニナは素直で本当にかわいいね。僕のことをこんなに信じてくれるのは君くらいだよ」

「オーウェンは優しいもん」

「嬉しいな。みんなと仲良くなれるよう、応援してる」

「うん、ありがとう！」

なんだかんだ私に一番甘いのはオーウェンかもしれないと思いながら、お礼を言ってラーラのもとへ向かう。

彼女の部屋を訪ねてみたものの留守のようで、宿の中を探し歩いていると、カフェスペースのような場所でお茶をしている姿を見つけた。

美女というのは妙な迫力があり、今までの散々な態度を思い出すと、つい足が止まってしまう。

けれどオーウェンを信じ、深呼吸をして両手を握りしめると、私は口を開いた。

「あの、ラーラさん」

「……何かしら」

すぐに振り返ったラーラは、私を視界に捉えるなりスミレ色の目を細め、明らかに嫌な顔をする。

めげずに私は笑みを浮かべると、彼女の前に立った。

「あの、この魔法について教えてくれませんか！」

「は？」

本の例のページを開いて差し出せば、ラーラは宇宙人でも見るような視線を向けてくる。

緊張で心臓が早鐘を打つのを感じつつ恐る恐る見つめていると、明らかにラーラが苛立っていくのが分かった。

「お前、頼む相手を間違えてない？」

当然の反応だと思いながら「ラーラさんの得意分野だと、オーウェンから聞きまして……」と呟くと、彼女は長い睫毛を伏せ、本のページへと視線を落とす。

するとと大きな目が、驚いたように見開かれる。

やがてラーラは顔を上げると、じっと私を見た。

「……お前、もうこのレベルの魔法を学んでいるの？」

「は、はい。このひとつ前の本は全て習得しました」

彼女は「ふうん」と呟き立ち上がると、そのまま私の横を通り過ぎていく。

やはり駄目だったかと肩を落としていると、ラーラはカフェの出入り口で足を止め、振り返った。

「どんくさいわね。何ぼうっとしてんのよ」

「はい？」

呆れた顔で睨まれ、困惑してしまう。そんな私を見て、ラーラは大きな溜め息を吐いた。

「召喚魔法、覚えたいんでしょ。こんな狭い所じゃ色々ぶっ壊すことになるから、外に出るって言ってんの」

「……えっ」

魔法を教えてくれようとしているのだとようやく気付き、胸の奥からじわじわと喜びが込み上げてくる。

なぜ急に教えてくれる気になったのか分からないものの、私は慌てて駆け寄り、頭を下げた。

「あ、ありがとうございます！　ラーラさん！」

「ふん、覚えが悪かったらすぐに部屋に戻るからね」

「はい！　精一杯頑張ります！」

「声でか」

それから、ラーラは召喚魔法について驚くほど丁寧に教えてくれた。言い方は少しきついものの、教え方はかなり的確で分かりやすい。

「このド下手くそ！　もっと力を抜きなさい！」

「は、はいっ！」

「いい？　描いた魔法陣全体に均等に魔力を込めるの。次に、召喚するものを——……」

その様子からは魔法がとても好きなこと、誰よりも深く学んでいることが伝わってくる。

けれど結局、召喚魔法は聖魔法と同様、感覚が他の魔法とは違うらしく失敗ばかりを繰り返してしまい、その日だけでは習得できなかった。

それでもラーラは途中で私を見限ることはなく、指導し続けてくれていた。

「あの、本当にありがとうございました！」

「……ええ」

「ものすごく勉強になりましたし、感覚を掴めた気がします。やっぱりラーラさんはすごいですね」

「はっ、当たり前でしょう。私を誰だと思ってんのよ」

ラーラが部屋へ戻った後も教えてもらった感覚を忘れないために、私は一人で練習を続けた。

翌朝。みんなでいつも通り朝食をとっていると、ラーラが「ねえ、お前」と私に声をかけた。

「はい、何でしょう？」

「昨日の続き、教えてやってもいいけど」

「えっ？　いいんですか!?」

「食べ終わったら私の部屋に来れば」

「は、はい！　ありがとうございます！」

ラーラはそれだけ言って、さっさと食堂を出ていく。

私達のやりとりを見ていたらしいテオやディルクは、かなり驚いた反応を見せていた。

「えっ、お前らいつ仲良くなったんだよ」

「仲良くというか、昨日魔法を教えてもらったんだ」

「へー、ずっと無視されてたのにな。なんでだろ」

「私もどうしてかは分からなくて……」

焼きたてのパンを齧(かじ)りながら、テオは不思議そうにこてんと首を傾(かし)げる。もちろん私もラーラに魔法を教えてもらえて嬉しいものの、理由はさっぱり分からない。

そんな中、オーウェンはにっこりと微笑んでいた。

「ほら、僕の言っていた通りだろう？」

「どうして分かったの？」

「……ラーラの故郷は魔法至上主義でね。魔法が使えない人間には価値がない、って考えが根付いているんだ」

中でも有力な一族の長女として生まれたラーラは厳しく育てられ、血が滲むような努力をしてきたという。そのため魔法が一切使えない私を認められず、冷たい態度を取っていたのだろうとオーウェンは言った。

「その分、ラーラは魔法を習得するまでに必要な努力も大変さも辛さも、知っているはずだよ」

「……うん」

「だからこそ、短期間でニナがあの魔法を学ぶまでに至った努力を、ラーラは認めると思ったんだ」

オーウェンの言葉に、胸を打たれる。

自分の頑張りが認められたことに、少しだけ視界がぼやけた。

「そういう風に育ってきた子だから、悪気も他意もないんだ。嫌いにならないであげてほしいな」

「もちろん。嫌いになったりなんてしないよ」

「それは良かった」

同時に、これまでのラーラの態度や突然私に魔法を教えてくれた理由(わけ)など、全てを納得した。

何より育った環境がどれほど人格形成に関わるかということを、私は知っている。

「本当にありがとう、オーウェン！　私、もっとラーラさんと仲良くなれるように頑張るね！」

「うん。応援してる」

「ごちそうさまでした。いってきます！」

「頑張れよ」

「ディルクもありがとう！」

嬉しさで胸がいっぱいになり、やる気に満ち溢れた私は急いで食事を終え、ラーラのもとへと急いで向かった。


「……後はアルヴィンだけだね。いい加減、少しは認めてあげればいいのに。ニナはいい子だよ」

「別に、認めていないわけじゃない」

「そっか。アルヴィンもニナのことをよく知れば、信じてみたくなると思うけどな」

「──俺は一生、他人を信用するつもりはない」

私が立ち去った後、オーウェンとアルヴィン様がそんな会話をしていたなんて知らないまま。

◇◇◇

「で、できた……！　ラーラさん、やりました！」

「やればでき──って、暑苦しいから離れなさいよ」

「へへ」

無事に魔法が成功し、あまりの嬉しさに抱きつけば、ラーラはそう言って溜め息を吐く。けれど私を押しのけたりすることもなく、また嬉しくなった。

——ラーラに魔法を教えてもらい始めてから、半月が経つ。あれから面倒見のいい彼女は結局、毎日のように魔法を教えてくれている。

『ラーラ、ニナに魔法を教えるのが楽しいみたいだよ。ニナの吸収する速さと貪欲(どんよく)さがいいって』

『う、嬉しい……ちょっと泣きそう』

『ニナの頑張りが報(むく)われるのは、僕も嬉しいよ』

ラーラの口調や態度はまだ少し素っ気ないものの、オーウェンからこっそりそんな話を聞いてからは、全く気にならなくなっていた。

ラーラが得意とする黒魔法は聖女の使う聖魔法とは正反対のもので、勉強になる。聖魔法が効きにくい魔物も倒せるようになり、ステータスも順調に上がっていた。

その一方で、ディルクとの練習も続けている。攻撃魔法の精度が上がって一気に魔物を倒せるようになり、効率も良くなったことで、無理なくレベル上げができるようになっている。

何より今はもう、魔法を使うのが楽しくて仕方なくなっていた。

本当にみんなには感謝してもしきれない。

「それでね、みんなにお礼をしたいんだけど、何か聖女ならではのものって作れたりしないかな」

「ああ。それならいいものがあるよ」

「えっ、あるの？　さ、流石オーウェン様……！」

誰よりも魔法について造詣が深く優しいオーウェンは、一番の相談相手だった。

今日も彼の部屋を訪ねてそんな相談をしたところ、あっさりと頷いてみせる。

「ちょうど、そろそろ話をしようと思っていたんだ。回復ポーションを作ってみない？」

「回復ポーションを私が？」

「うん。いつもニナは回復魔法を使ってくれるけど、常に一緒に行動できるとは限らないしね。聖女が作るポーションは上級のさらに上をいくと言われているから、誰だって喉から手が出るほど欲しいものになると思うよ」

「なるほど……私に作れるなら、ぜひ教えてほしいな」

「うん。これは僕の専門分野だから、任せて」

「ありがとう、オーウェン！」

それぞれ魔法や剣を極めたみんなと言えど、やはり相手や数によっては傷を負うこともある。当人達は流血しても擦り傷程度の顔をするけれど、私はいつも寿命が縮まる思いがしていた。

既にある程度の怪我は完全に治せるようになっていたものの、ポーションならいつでも持ち運べるし、名案だと私は両手をぎゅっと組んだ。

「どういたしまして、お礼はキスでいいよ」

「…………」

「減るものじゃないのに。あ、恥ずかしいなら僕がニナにしようか？」

「それ、なんの意味があるの？」

「僕が嬉しい」

「じゃあ明日から指導よろしくお願いしますね」

相変わらずのオーウェンに塩対応をしつつ、部屋を出る際にあらためて感謝の気持ちを伝える。

そして翌日から、私はオーウェンと共にポーション作りの練習を始めたのだった。


それから三週間が経ったある日の昼下がり、私はテオとディルクの姿を見つけ、駆け寄った。

「テオ、ディルク！　いつもありがとう！」

「ん？　なんだこれ、水か？」

「なんとびっくり上級ポーションです！」

お礼の言葉と共に透明な小瓶を差し出すと、二人は目を瞬（またた）いた。

後々知ったけれど、上級ポーションは王国でも限られた光魔法使いしか作れないという。

それもかなり長い時間をかけて一本を作るため、全てが国で管理されており、手に入れることは困難らしい。

「やっぱ聖女ってすげーんだな」

「私も思った」

もちろんまだ半人前の私も、それなりに時間がかかる上に、大半が中級止まりで完成してしまう。

けれどこれからもっともっと練習して、たくさん作れるようになりたい。ポーションならこの手が届かない範囲の人々まで、救えるようになるのだから。

本来ポーションは緑色だけれど私が聖女の魔力を注ぎ込んだ結果、綺麗(きれい)な透明になったため、テオは水だと思ったのだろう。

「オーウェンが鑑定してくれたし、ばっちりだよ」

「本当に助かる。ありがとう」

「うん、どういたしまして」

「これで腕一本くらい吹き飛んでも大丈夫だな！」

「お願いだからほんと気をつけて」

ちなみに失敗の過程で生まれた大量の中級ポーションは荷物になるため、オーウェンと通りかかった街で売ったけれど、信じられない額になって目玉が飛び出した。

上級の値段を想像しただけで、変な汗をかいてしまったくらいだ。聖女の力があれば簡単に大金持ちになれてしまうのだと、あらためて自分の力が少し怖くなった。

『ニナ、何か欲しいものはない？』

『特にはないかな。あ、美味(おい)しいお肉を食べたい！』

ポーションを売り捌(さば)いた帰り道、そう答えるとオーウェンは眉尻を下げて微笑み、私の頭を撫でてくれた。

『こんなに頑張ってくれているんだから、もっと色々と望んでもいいのに』

『でも、本当に何もないんだ』

『……そういうニナに、みんな惹(ひ)かれるんだろうね』

私くらいの年齢の女性が欲しがるという宝石やドレスにはあまり興味がないし、それ以外に欲しいものも本当に見つからないのだ。元々物欲がなかったせいでもある。

とにかく無事に五本の上級ポーションを作れたため、全員に渡せそうだと安堵していた。


次に会いに行ったラーラも素直に受け取ってくれた。もちろんオーウェンには一番に渡してある。

「上級ポーションは正直助かるわ。ありがと」

「どういたしまして！」

「……お前、本当に頑張っているのね」

その上、彼女にも褒めてもらえたことで私は浮かれていたんだと思う。そのままアルヴィン様のもとを訪れると「結構だ」とばっさり断られ、少し凹(へこ)んでしまった。

「アルヴィン様と仲良くなるの、無理なのかな……」

「あいつは毒とか気にするから、他人から貰(もら)ったもんは口にしないいんだよ。気にしなくていいって」

「……そっか」

「ガキの頃とか、何度も死にかけたらしいし」

スライムのようにぐてんとテーブルに突っ伏す私の肩をぽんと叩き、テオは励ましてくれる。

第一王子という立場ともなると、常に悪意や危険と隣り合わせなのだろう。アルヴィン様はそんな環境で幼い頃から苦しんできたと思うと、胸が痛んだ。

あんなにも他人に心を開かないのも、やはり理由があるに違いない。仲良くなりたいというのは私のエゴでしかないし、あまり関わらない方がいいのかもしれない。

行き場のなくなった上級ポーションは魔力切れをした時にでも自分で使おうと決め、いつも腰に下げているポーチに入れておいた。

◇◇◇

翌日、私達は東の塔という場所へやってきていた。ゲームでも出てくる魔物の巣窟(そうくつ)であり、魔王配下のSランクの魔物が潜んでいるダンジョンだ。

「なんだよ。思っていたより余裕じゃん」

「まあ、一匹だけだったしね」

とは言え、Sランクの魔物の中でも最弱で、五人が協力したことで無事に倒せた。

Sランク相手では足手まといになるため、私は援護や治療に徹していたけれど、あらためてみんなの強さを実感した。

特にアルヴィン様の強さはやはり圧倒的で、あまりにも次元が違う。その姿を目で追うのがやっとだった。

「やっぱりみんなはすごいなあ」

「だろ？　今日は良い飯食おうぜ！　肉だよ肉！」

「ふふ、そうだね」

そうしてテオと笑い合い、塔を出ようとした瞬間、不意に地面が大きく揺れ始めた。

「ここ、ボロボロだし崩れるんじゃないの？　嫌ねえ」

「とにかく急いで出ようか」

「分かっ——え？」

出口まではあと少しだと急いで駆け出すのと同時に、すとんと片足が地面に沈む感覚がした。

「な、なに、これ」

私の立っている部分だけ地面が真っ黒に染まっていたのだ。まずいと思った時にはもう遅く、底なし沼に沈んでいくように、あっという間に引きずりこまれていく。

「——ニナ？　おい、ニナ！」

伸ばされたディルクの手はギリギリのところで私に届かず、そのまま視界は真っ暗になった。

「……っう」

意識を失っていたらしく、目を開けると土壁に覆われた小さな部屋にいることに気が付く。

東の塔で足元から地面に飲み込まれたことをすぐに思い出し、慌てて全身を確認してみれば、幸い怪我はないようだった。

「どうしよう……」

下の階に落ちてしまったのか、完全にみんなとはぐれてしまって怖くなる。思い返せば私はこの世界に来てから、一人になったことがなかったのだ。

どれほどみんなの存在に救われていたかを思い知りながらも、ここで待っていても仕方ないと思い、両頬を叩くと立ち上がり、恐る恐る部屋の出入り口まで歩いていく。

部屋を出て暗く短いトンネルのような道を進んだ末、開けた場所に出た私は、はっと口元を両手で覆った。

「……うそ、でしょ」

目の前に広がる景色には、見覚えがある。ゲームでは魔王を倒す直前にイベントが起こる地——西の塔だと。

地面に飲み込まれた瞬間、強制的に転移させられていたのだろう。転移するタイミングが違うとは言え、ゲームでもあった展開だし、そこに疑問を抱くことはない。

ただ問題なのは、ここには六人全員で飛ばされてくるはずだったということだ。

私一人だけなんて、間違いなくおかしい。

ゲーム通りにいかないことがあるにしたって、無理がある。

「こ、これは……流石に死ぬのでは……」

今の私が一人で倒せるのは、Cランクが限界だ。そしてここで出てくるのは、先ほど東の塔で倒したものよりもさらに強いSランクの魔物のはず。

とにかく魔物に出会す前に脱出しなければと息を潜めて、そっと道なりに進む。あまりの恐怖から心臓の音が全身に広がり、背中を汗が伝っていく。

そんな中、私の身体の倍以上ある赤く古びた扉が開いているのを見つけ、思わず足を止める。

間違いなく例の魔物がいる場所だ。すぐに引き返そうとしたものの、何かおかしいことに気付く。

扉が開いているのに、魔物の気配がしない。

それどころか、無音なんてことがあり得るのだろうか。

少し悩んだ末、きつく両手を握りしめてそっと真っ赤な扉へと近づく。

中を覗(のぞ)いた私は、息を呑(の)んだ。

「……っ」

目の前にあったのは血溜まりの中で動かない大きな魔物の死骸(しがい)と、地面に横たわるアルヴィン様の姿だった。

「っアルヴィン様!」

慌ててアルヴィン様のもとへ駆け寄った私は、あまりの酷い怪我に言葉を失った。地面に広がる血溜まりは魔物のものだけでなく、彼のものでもあったのだ。

全身傷だらけで、お腹(なか)には深く抉(えぐ)れた大きな傷まであり、まだ息があるのが不思議なほどだった。

「回復(ヒール)——！」

すぐに回復魔法をかけ、ポーチの中に入れておいた上級ポーションを彼の口に流し込む。

「どうしてアルヴィン様が、こんな……」

もしかするとさっき、アルヴィン様も一緒に転移していたのかもしれない。そして私が意識を失っている間、彼はこの魔物と一人で戦っていたのだろう。

アルヴィン様ならみんなを待つことも、一人でこの塔から脱出することだってできたはずなのに。

『おい、アルヴィン！　お前さあ、一人で突っ込んでいくのやめろよ。そのうち死ぬぞ』

『死んだとしても、それが俺の寿命なんだろう』

思い返せば記憶の中のアルヴィン様はいつだって、危険を顧(かえり)みない様子だった。身を削るような戦い方も、圧倒的な強さゆえの自信があるからだと思っていた。

けれど本当は、彼が自分自身を大切にしていなかったからではないかと気付く。

「なんで、治らないの……？」

ある程度の止血はできたものの、一番酷いお腹の大きな怪我は一向に治る様子がない。焦りだけが募り、一体どうしてと必死に考えた末、気付いてしまう。

「……まさか」

動揺のせいで思い出せずにいたけれど、息絶えた魔物がSランクである所以(ゆえん)は、強い呪いの力を持つからなのだ。呪いによる傷には、回復魔法が効かないのかもしれない。

――ゲームではオーウェンとラーラが協力して呪いに対抗していたのに、今ここに彼らはいない。いくらゲームとは順序が変わることがあっても、まさかこんな早くにこんなイベントが起きた上、ラーラ達がいないなんてことは想像もしていなかったのだ。

だからこそ、私はまだ解呪魔法を学んでいない。それに解呪魔法というのはかなり独特なものらしく、知識があったとしても今の私には使いこなせないだろう。

もうどうすればいいのか分からず、泣きたくなった。

「……っぐ、……うっ……」

「しっかりしてください！　アルヴィン様！」

アルヴィン様の口からは、大量の血が溢れ出ていく。

もう目も見えておらず、意識も朦朧(もうろう)としており、私が誰なのかも判別できていないみたいだった。

それでも縋るように弱々しく握り返された手に、ひどく胸が痛んだ。

「絶対に、助けますから……！」

冷たいアルヴィン様の手をきつく握り、そう呟く。

塔の主であるSランクの魔物はアルヴィン様が倒したものの、出口までにも高ランクの魔物は数えきれないくらいいるのだ。

アルヴィン様を抱えた私が、無事に出られないことは明らかだった。やはりここで彼を治療し、助けが来てくれるのを待つしかないだろう。

けれどこのままでは、アルヴィン様が長くはもたないことも分かっていた。

何か方法があるはず、考えろと必死に頭を働かせる。

『聖女の魔力は、何もかもを浄化するんだ』

『何もかも？』

『そう。だから聖女の魔力で満たされているニナは、毒や呪いを一切受けないはずだよ』

『うわあ、便利。何かあったら私がみんなを庇うね！』

『うん。絶対にやめてね』


『使い魔は私達の魔力が生命力なの。怪我をしても、生きてさえいれば魔力供給をすれば復活する。でも、魔力供給の際は全てを共有することになるから、途中で使い魔が死んだら主も死ぬのよね』

『えっ……こわ……』

『だから死にかけた使い魔はさっさと諦めること。情を抱いて無理に救おうとして、死んだ奴だっているわ』

ふと、オーウェンやラーラとの会話を思い出す。

「――そうだ」

私はひとつの方法を思いつき、急いで地面に自身の血で魔法陣を描き始めた。ひとつでも間違ってはならないと必死に記憶を手繰り寄せながら、手を動かしていく。

私の魔力でアルヴィン様を満たせば、呪いが弱まるかもしれない。魔力供給については、召喚魔法の後にラーラから学んだばかりだった。

やがて完成した魔法陣の上になんとかアルヴィン様を横たえると、私は彼の両手に自身の手を静かに絡めた。

もちろん実際に試したことはないし、たった一度話を聞いただけ。

上手くいく可能性の方が低いだろう。けれどきっと、他にもう方法はない。

「……どうか、上手くいきますように」

――失敗してアルヴィン様が途中で命を落とせば、私も一緒に死ぬことになる。

それでも、迷いはない。

私は深呼吸をするとアルヴィン様の両手を強く握りしめ、魔力供給を開始した。

『っ私じゃなくて、あいつを殺しなさいよ……！』

――夢を見た。何度忘れようとしても絶対に忘れられなかった、あの日の夢を。

『お前なんて、産みたくなかったのに。腹の中で死んでくれたら、どんなに良かったことか』

それが、母の口癖だった。敗戦国の王女だった俺の母は人質として嫁がされ、国王である父と、その血を分けた俺のことを嫌悪していた。

それでも母国のため、自らのため、父の前や他の人間の前では良き妻、良き王妃として振る舞い続ける。

『アルヴィンは素晴らしい王になると思いますわ』

『そうか。それは良かった』

だが、俺と二人きりになると母はいつだって、心ない言葉をぶつけてきた。

『お前さえいなければ、私はこんな国で一人、骨を埋めることになどならなかったのに……！』

隠れて子ができにくくなる薬を飲んでおり、いつか役立たずと自国へ帰されることを夢見ていたのだという。だが、男児である俺が生まれたことで王妃としての地位は確立し、その夢は二度と叶わないものとなった。

――俺が生まれなかったところで、母が自国へ帰れる可能性など限りなく低いというのに。

だが、もしかすると、母も心のどこかではそのことを分かっていたのかもしれない。それでも認められなくて、認めたくなくて、その鬱憤を全て俺にぶつけていたのだろう。

母は哀れで愚かで、どうしようもない人だった。

『ああ、本当にあの男に似てきたこと。憎らしい』

こうして俺に辛く当たっていることは、絶対に口外するなときつく言われていた。もしも誰かに言ったなら、お前を殺して私も死んでやると。

このことを誰かに上手く伝える方法など、いくらでもあった。それでもそうしなかったのは、心のどこかで母に愛されたいと思っていたからかもしれない。

俺もまた、哀れで愚かな子供だった。

『いい？　お前の評価は、私の評価に関わるのよ。死に物狂いで努力なさい』

『……はい。分かっています』

次期国王として朝から晩まで厳しい教育を受け、多忙だった父と会うことも少なく、その際には必ず母が同席するため、親子らしい会話はほとんどない。

辛くなかったと言えば、嘘になる。

だが、第一王子に生まれてきた以上、仕方ないのだと言い聞かせていた。

俺が関わる人間は全て母が管理する中、唯一、乳母のアンナだけは俺に優しかった。

『アルヴィン様、大丈夫ですよ。王妃様も、いつか頑張りを分かってくださいますから』

『うん。そうだといいな』

『私はアルヴィン様を、息子のように思っています』

『……ありがとう。すごく、すごく嬉しい』

アンナの存在は、俺にとって一番の支えだった。

頑張り続けていれば、母もいつかきっと分かってくれる。そう信じて、俺は努力を重ねた。


俺が十歳の秋、王家主催の狩猟大会が行われた。

毎年行われる催しのため、今年もつつがなく進行し、もうすぐ閉会式を迎えるという時だった。

『お逃げください！　魔物の群れが――ぐあっ！』

母や乳母達と待機していた場所に、高ランクの魔物の群れが襲ってきたのだ。その夥しい数に、言葉を失ってしまう。

護衛の騎士達だけでは倒しきれず、やがて人間と狼を混ぜたような魔物がこちらへ向かってくる。

鋭利な歯が並ぶ口元からは、だらだらと涎が垂れていた。

恐怖で竦む足を叩き、必死に自分を奮い立たせる。そして俺は、急ぎ母のもとへと駆け寄った。

『母様！　こちらへ――』

騎士達は魔物に抵抗するだけで精一杯で、魔法を使える俺が母達を守らなければ、という想いがあったのだ。もちろん倒せるとは思っていない。

少しでも時間を稼いで二人を逃がそうと思っていた、のに。

魔物と母の間に庇うように立った瞬間、母は魔物に向かって俺を突き飛ばした。

『……かあ、さま？』

スローモーションで、目の前の景色が傾いていく。やがて俺の身体は無様に地面に転がり、泥水が全身に染み渡った。呆然(ぼうぜん)とする中、母は俺に背を向けて逃げていく。

――愛されているなんて、勘違いしたことはない。

それでも、自らが逃げるために魔物の餌(えさ)にされるほど憎まれているなんて、思っていなかった。

『ど、して……』

どうしようもなく悲しくて怖くて、首を絞められているように喉が詰まって、声が出なくなる。

顔や腕が泥にまみれながらも、遠ざかっていく母の背中に必死に手を伸ばす。

隣には乳母の姿もあった。

『っアンナ……！　待っ……』

あんなに優しかった、信じていた乳母も俺から目を背けて、母の腕を引いていく。

その瞬間、この世界に俺の味方などいないのだと思い知らされた。

魔物の影で視界が暗くなる。目と鼻の先で鋭利な銀色の長い爪が光った。爪の先からは、ぽたぽたと血が滴り落ちている。

『……え？』

このまま一人で死ぬのだと絶望し、きつく目を閉じたものの、なかなか痛みは来ない。

恐る恐る目を開ければ、何故か魔物は目の前の俺を通り過ぎ、母や乳母のもとへと向かっていた。

『いや、いやよ！　なっ、何で、わた――いやあぁ！』

――知能の高い魔物は、食べる部分が少なく魔力が安定しない子供は避けるという話を聞いたことがある。魔力のない大人の女性こそ、ご馳走にあたるのだと。

だからこそ、魔物はご丁寧に目の前に差し出された俺を無視し、母のもとへ向かったのだろう。

『っ私じゃ、なくて、あいつを……殺しなさいよ……！　いやあぁ、痛いいたい助けて、たすけ――……』

ぽたぽたと、辺り一帯に血の雨が降る。生ぬるいそれが母のものだと理解するのに、少しの時間を要した。

俺は身じろぎすらできず、ただ俺を殺せ、食えと叫びながら死んでいく母を見つめていた。

ゴキ、べちゃ、という人間が壊れる音がする。

二人だったものが食い散らかされ跡形もなくなったところで、魔物は俺へと再び視線を向ける。

だが、ふいと興味なさげに視線を逸らすと、別の人間のもとへと向かっていった。

『……っはは』

一人残された俺の口からは、乾いた笑いがこぼれる。

何もかもが滑稽で仕方なかった。

あんな風に死んでいった母達も、あんな人間を守ろうとし、愛されたいと願っていた自分も。

『アルヴィン殿下！　ご無事で――』

やがて騒ぎを聞きつけた騎士達がやってきた。

血塗れの俺と人間だったものの残骸を見て、彼らは息を呑む。

ドレスの切れ端や血の海の中で輝く宝石から、それが誰だったのか分かったのだろう。王妃が殺されたという事の重大さに、誰もが言葉を失っていた。

俺は立ち上がると、笑みを向ける。

『ああ、何も問題ないよ』

『で、ですが……』

母にとっての俺は最後まで必要のない、魔物の餌以下の存在だったのだ。そんな人間が死んだところで悲しむ必要などないし、溜飲が下がるくらいだった。

だから涙が頬を濡らしていくのも、何かの間違いだ。

『……っ』

――こんな思いをするくらいなら、もう二度と誰も信用しない、誰にも期待しないと、誓った。

「……う、っ…………」

意識が浮上するのと同時に、全身に鋭い痛みが走った。特に腹部は燃えるように熱い。

転移魔法で飛ばされた先で魔物と戦い倒したものの、呪いを受けた記憶がある。間違いなく死んだと思っていたのに、どうやらまだ生きているらしい。

まともに働かない頭で何故だろうと考えていると、ぽたぽたと雫(しずく)が降ってくることに気が付いた。

身体は鉛(なまり)みたいに重く、視線だけを動かせば、そこにはニナというあの聖女がいた。彼女の栗(くり)色の瞳からはとめどなく涙が溢れており、この温かい雫は彼女のものだったらしい。

「……なぜ、泣いて、いるんだ」

掠(かす)れ、上手く声が出ない。

そもそもこんな問いを彼女に投げかけること自体、自分らしくなかった。やがて感覚がほとんどない手のひらが、彼女としっかり繋がれていることにも気が付いた。

「っごめん、なさい……勝手に、見てしまって……」

言葉の意味が分からず、苛立ちが募る。

繋がれたままの手のひらも不快で、振り払おうとした時だった。

「今はだめです！　離したら、死んでしまいます！」

「……どういう、ことだ」

必死にそう訴える聖女は、きつく俺の手を握りしめている。

様子を見る限り、嘘をついているようには見えない。

地面に描かれている魔法陣と、やけに憔悴（しょうすい）している彼女の様子、全身に流れる温かい見知らぬ魔力の感覚。

そして俺自身がまだ生きているという事実から、何が起きているのか、ようやく悟った。

「──俺に、魔力供給を、しているのか」

俺の問いに、聖女は「はい」とはっきり答える。

まだ解呪魔法を学んでいない彼女は、呪いを浄化するため、自身の魔力を俺に供給しているのだろう。その結果、俺は意識を取り戻すまで回復したのだ。

「……な、んで」

それから少しの沈黙の後、俺の口からは問いが零（こぼ）れ落ちた。

──理解、できなかった。できるはずがなかった。

「何故、そんなことをした」

彼女は馬鹿（ばか）ではない。勝手に彼女の話をしてくるオーウェン達のせいで、それは分かっていた。

この状況で俺に魔力供給をするのが、どれほど危険かということも理解していたはず。

「俺が死ねばお前も死ぬと、分かっていたんだろう」

「はい」

全身の怪我と強い呪いにより、俺は今すぐに死んでもおかしくない状況だったのだ。

意識を失う瞬間には、明確に「死」を意識した。

彼女が俺を命懸けで救おうとする理由なんて、あるはずがない。それなのに、彼女はまるでなんてことはない顔で頷いてみせる。

「……それなら、なぜ」

再び、同じ問いが口をついて出た。

――これまで、報酬を望める場は多々あった。聖女というのは存在するだけで価値があり、彼女が望みさえすれば、我が国はなんだって用意してみせるだろう。

しかし、彼女が何も望まないことは知っていた。俺を救い、富を得たいというわけではないはず。

『俺に関わらないでくれないか』

何より俺は今まで、彼女に対して心ない態度を取り続けていたのだ。会話をしたことだって、ほとんどない。

これまで自身を冷遇してきた相手になぜ命を懸けられるのか、理解できなかった。

『っ私じゃなくて、あいつを殺しなさいよ……！』

――血を分けた人間ですら、簡単に見捨てるのに。

「私、アルヴィン様とまだ、仲良くなっていないので」

やがて彼女はへらりと微笑み、迷いなく答えた。なんてくだらない理由だと、呆れてしまう。

だが、本当にそれが全てなのだろう。

「……っ、う……」

大量の魔力供給と俺の呪いの影響を受け、息も絶え絶えで、彼女の方も限界が近いことが窺える。

それでもなお、彼女は必死に笑みを作ってみせる。その全てが理解できない中、心臓が早鐘を打ち始めていく。

「……俺の巻き添えになって、死ぬつもりなのか」

「まだ、死にたくはないですよ。やりたいことも、たくさん、ありますし……生きたい、です」

今は意識が回復したとは言え、まだ呪いは根強く体内に残っていた。今後再び悪化して命を落とす可能性だってあることも、きっと彼女は分かっているはず。

それなのに。

「でも、死ぬ時は、一緒です」

はっと顔を上げた俺の手をきつく握りしめ、彼女は続ける。

「私は絶対に、アルヴィン様を、見捨てません」

そう告げられた瞬間、心底泣きたくなった。どうしようもなく嬉しくて、彼女の笑顔があまりにも眩しくて、繋がれた手が温かくて——視界が揺れる。

きっとそれは、俺がずっと欲しかった言葉だった。

同時に、私「は」という言葉から、彼女は俺の過去を見たのだと、ようやく気が付いた。魔力供給は何もかもを共有するため、記憶や感情を共有するというのは聞いたことがある。

「俺が、可哀想(かわいそう)だから？」

「その気持ちが、ないと言えば、嘘になります。でも、それだけじゃありません」

——母が死んだあの日から、俺自身いつ死んでもいいと思って生きてきた。

目の前で息絶えている魔物に一人で挑んだ際も、倒せるかどうかは賭けだった。今すぐ倒さずともいいことだって、分かっていた。それでも俺は、迷わず剣を抜いた。

俺はきっと「死ぬ正当な理由」が欲しかったのかもしれないと、今更になって気が付く。

だから、繋がれたこの手を今すぐ離して死んだとしても、良かったはずだった。こんな形で他人に命を救われるなんて、一番望んでいないことだった、はずなのに。

「だから、一緒に頑張りましょう」

きっと彼女は、俺でなくても同じことをした。

俺が「特別」じゃないと、もちろん分かっている。

それでも、この温かい手を離したくないと思った。

彼女についてもっと知りたいと、思ってしまった。

「アルヴィン様」

彼女のことなんて、名前以外は何も知らない。

それなのに、ニナは俺を裏切らない、俺と一緒に死んでくれる人間なのだと期待してしまった。

「……俺を、見捨てない？」

「はい」

声が、手が、震える。

「本当に、俺と一緒に、死んでくれる？」

「はい。約束します」

迷いのない言葉と笑顔に、胸が締めつけられる。俺はひどく愚かで自分勝手で、これまで彼女にしてきたことを思うと、都合が良すぎるという自覚もあった。

「……ありが、とう」

それでも、もう少しだけ生きて彼女のことを知り、いつか彼女と一緒に死ねたらいいなと思った。

私の膝（ひざ）の上で眠るアルヴィン様から、規則正しい寝息が聞こえてくる。顔色も最初よりずっと良

くなり、腹部からの出血もほぼ止まったようだった。

まだ呪いは残っており魔力供給は続けているため、私達の手は繋がれたままだ。

冷たかったアルヴィン様の手も今は温かく、このままいけば大丈夫だろうと胸を撫で下ろす。

「……本当に、良かった」

一度目を覚ましたアルヴィン様は、この状況に戸惑いながらも「ありがとう」と言ってくれた。

少しだけ私に気を許してくれたらしい。こうして側で穏やかに眠ってくれているのが何よりの証拠だろう。魔法陣の上で魔力を流しながら、私も目を閉じる。

『……俺を、見捨てない？』

『本当に、俺と一緒に、死んでくれる？』

先ほどのアルヴィン様の言葉が、縋るような表情が、ずっと頭から離れずにいた。彼が何故そんな問いを投げかけてきたのか、これまで私に対して冷たい態度だったのか、今なら分かる。

『お前なんて、産みたくなかったのに。腹の中で死んでくれたら、どんなに良かったことか』

『っ私じゃなくて、あいつを殺しなさいよ……！』

――魔力供給をしている最中、アルヴィン様の感情や記憶が私の中に流れ込んできたのだ。

痛い、苦しい、辛い、寂しい、悲しい。

負の感情ばかりで、胸が痛いくらいに締めつけられる。

そうして見たアルヴィン様の過去の記憶は、あまりにも悲しいものだった。もう誰のことも信じられない、信じたくないと思うのも当然だ。

いつかアルヴィン様にも信じられる相手ができますようにと、祈らずにはいられなかった。

「……っ」

色々と考えているうちに、眩暈がしてくる。ずっと神経を尖らせながら魔力を大量に使っているせいか、心身共に衰弱してきているのが分かった。

それでも、私はアルヴィン様を「絶対に見捨てない」と約束したのだ。気合を入れ直し、頑張ろうと決意するのと同時に、アルヴィン様の目がゆっくりと開いた。

「……ニナ？」

「はい。具合はどうですか？」

アルヴィン様が再び眠った後、寝やすいようにと膝枕の体勢にしたため、驚いているようだった。

そして私もまた、当然のように「ニナ」と呼ばれたことに内心驚いていた。アルヴィン様に名前を呼ばれるのは、初めてだったからだ。

距離が近づいたみたいで、なんだか嬉しくなる。

「すまない、また眠ってしまっていたとは……」

「いえ、今は体力もかなり削られていると思うので、できる限りお休みになってください」

動かずにいてほしいとお願いすれば、繋いだままの手を握り返され、再び謝られた。

「アルヴィン様が謝ることなんて何もありませんよ。そもそも怪我の治療は私の仕事なのに、みんながずっと強すぎてこれまでサボり続けていたので」

「……ニナは優しいね」

アルヴィン様の声色だって、今まで聞いたことがないくらいに優しい。命懸けで救ったことで、やはり心を開いてくれたのかもしれない。

「無理をさせてごめんね。もうすぐ動けるようになるから、あと少しだけ休ませてほしい」

「はい、もちろんです」

きっとみんなも、私達を心配してくれているに違いない。私達が会話する仲になっているなんて想像もしていないだろうし、組み合わせ的にも不安しかないはずだ。

「ありがとう。ここを出たら、必ず礼をさせてほしい」

「そんな、お礼なんて必要ありません。でも、この先もこうして話をしてもらえたら嬉しいです」

そう返事をすれば、アルヴィン様は驚いたように目を見開いた後、眉尻を下げた。

「……俺こそ、心からそう思ってるよ」

長い睫毛を伏せたアルヴィン様は過去の態度について、罪悪感を抱いているようだった。

「それと嫌なものを見せてしまって、ごめん」

「私こそ勝手に見てしまったので、申し訳なく……」

私が見てしまった、過去の記憶について言っているのだろう。デリケートな部分を他人の私になんて見られたくなかったはずだし、逆に申し訳なくなる。

「不可抗力だから、謝らないでほしい。……それと、ニナのことを聞いてもいいだろうか」

「私のこと、ですか？」

予想外のお願いに、戸惑ってしまう。アルヴィン様は私に、何の興味もないと思っていたからだ。

その気持ちが顔に出てしまっていたのだろう、アルヴィン様はやっぱり困った表情をした。

「これまでの態度を考えれば、都合が良すぎると分かっているんだ。それでも俺は、ニナのことを知りたいと思ってる」

ダメかな？　と尋ねられ、私は慌てて首を横に振る。

「た、大した話はないのですが、それでよければ……」

何度も頷けばアルヴィン様は「良かった」と言って、子供みたいに笑った。

初めて見た笑顔に、何故か少しだけ泣きたくなる。私はなんとか笑みを浮かべると、口を開いた。

「あらためまして、私は仁奈といいます。十六歳です」

「ニナは俺の三歳下なんだね。……何カ月も一緒にいたのに今更知るなんて、どうかしてる」

「いえ、私もラーラさんの年齢を知らないですし、そんなものだと思います」

すぐにフォローすれば、アルヴィン様は「ニナは本当に優しい子なんだね」と口元を緩める。

私だってアルヴィン様がこんなにも優しく笑う人だなんて、知らなかった。魔力を流しながら、私は続ける。

「元の世界では、学校に通っていました」

「ニナは学校が好きだったんだね」

「分かりますか？　その、私は家族とあまり上手くいっていなかったので、学校にいる間だけは自分らしくいられて……」

あの家にいたくなくて、少しでも学校にいる時間が長くなるよう、必死だったことを思い出す。

「家族についてはこれ以上、聞かない方がいいかな」

「その、気分の良い話ではないと思うんですが、聞いてもらえると嬉しいです」

自分だけ黙っているのは不公平だし、きっとずっと、私は誰かに聞いてほしかったんだと思う。

友達にも気を遣わせたくなくて、可哀想だと思われたくなくて、言えなかったのだから。

「――私、家族の誰とも血が繋がっていないんです」

そうして私は、自分の家族について話し始めた。

「私は実の父の顔を知りません。母は毎日遅くまで必死に働き、女手ひとつで私を育ててくれていました。そして十二歳の時に、今の継父（けいふ）と再婚したんです」

その頃が一番幸せだったと思う。母が幸せそうだと私も嬉しかったし、継父も明るくて優しい人だった。けれど三人で「家族」として過ごす穏やかな日々は、たった一年も続かなかった。

「再婚後、一年も経たずに母は事故で亡くなって……祖父母も既に他界していたので、継父が私を育ててくれました」

血の繋がりもない、数カ月一緒に過ごしただけの私を育てるという決断は、簡単でなかったはず。

当時十三歳になっていた私も、それがどれほどありがたいことなのか分かっていたし、家事や身の回りのことなど、できる限りやっていた記憶がある。

「それから一年後、継父は再婚したんです。綺麗な人で私にも優しくて、母ができるんだと嬉しくなりました」

「うん」

アルヴィン様は私が息を吐くたびに、ひどく優しい声で相槌を打ってくれている。

新しい母は若く美しく、私と十歳しか離れていなかったため、姉ができたようで嬉しかった。なるべく二人の時間の邪魔をしないようにしながら、それでも穏やかな日々を過ごしていた、のに。

「でも私が十五歳の頃、弟が産まれてから全てが変わったんです。やはり血が繋がっている子というのは可愛いようで、二人は弟へ愛情を一心に注いでいました」

それも、当然だと思う。これまで血縁関係のない私にもとても良くしてくれていたし、住む家があって学校に通えるだけでありがたいと、心から思っていた。

「そんな中、継母は育児のストレスからか苛立つことが増え、その捌け口は私になりました。穀潰しの他人だと暴言を吐かれ、物を投げつけられ——そして最後には、偶然学校帰りに会った父と少し出掛けただけで、浮気だなんて言って泣いて暴れ出したんです」

血も繋がっていない、一度愛した女に似ているのだから、家族愛以外の感情を抱いてもおかしくないと言われた時には、信じられない気持ちとショックで泣いた。

愛されていなかったとしても、私は彼らのことを「家族」だと思っていたからだ。

「もちろん継父も継母がおかしいと理解しているようでしたが、やはり大事なのは継母と弟で、私を避けるようになりました。……けれど継母の私への猜疑心はなくなることはなく、常に監視され暴言を吐かれ、継父が家にいない間は自由に外出することもできなくなっていったんです」

継父も私を庇えば余計に厄介なことになると察したのか、一切守ってくれることはなかった。

家にいる間は辛くて息苦しくて仕方なかったけれど、十五歳の私は出ていったところで生きていく術もない。然るべきところに現状を伝えて、これ以上家庭が壊れるのも嫌だった。

私さえいなければ、こんなことにはならなかったのだから。

こうして養ってもらえるだけで幸せなのだと自身に言い聞かせ、耐えて暮らしていた。

だから私は、学校にいる時間が好きだった。その間は、継母に文句を言われることも疑われることもないし、友人達と自由に自分らしく過ごせていたからだ。

家ではずっと自分の部屋にこもっていたため、現実逃避のために友人から借りた『まほアド』も夢中でプレイした。

もしかすると神様が「ここから逃げ出したい」という私の気持ちを汲んで、この世界に転移させてくれたのではないかと、今では思う。

「……こんな長くて重い話を聞いてくださって、ありがとうございました」

全てを話し終えた後、アルヴィン様は私の手を握ったまま「話してくれてありがとう」と言ってくれた。

「辛かったね。それに、ニナはやっぱり優しい子だ」

「いえ、そんなことはありません」

間違いなく私よりも、アルヴィン様の方が長年ずっと辛い思いをしていたはず。

それでも初めて誰かに話し、優しい言葉をかけてもらうことで、心が軽くなるのを感じていた。

「実はこの話を誰かにしたの、初めてだったんです」

「……そう、なんだ」

少しだけ驚いた反応をしたアルヴィン様は、私の目をじっと見つめ、続けた。

「これからは俺でよければ、どんなことだって聞くよ。ニナの支えになりたい」

「えっ……」

急な態度の変化に、やはり戸惑ってしまう。以前のアルヴィン様とは完全に別人で、命を助けたことに対し相当な負い目を感じているのかもしれない。

仲間なら、当然のことだというのに。テオやディルクだって、きっと私と同じことをしたはずだ。

あまり気負わないでほしいと思いつつも、アルヴィン様の言葉や優しさは嬉しかった。

それからもぽつりぽつりとお互いのことを話し、やがて無事に呪いを全て浄化した後は、最後の力を振り絞ってアルヴィン様の傷を治しきった。

「本当にありがとう。行こうか」

「はい。……あ、あれ？」

残りの魔力量も問題ないようで、脱出するため立ち上がろうとしたものの、足に力が入らない。

ぐにゃりと視界が歪み酷い眩暈がして、私はとっくに限界が来ていたのだと悟る。

「――ニナ？　っニナ！」

アルヴィン様が必死に私の名前を何度も呼ぶ声を最後に、意識は途切れた。


その後、アルヴィン様は私を背負ったまま塔の中に蔓延る魔物と戦った末、脱出したという。

塔の中では転移魔法が使えなかったけれど、外に出てからはすぐに四人と合流できたそうだ。

そして私の目が覚めるまで、ずっと付き添い看病をしてくれていたらしい。

「お前ら、あの塔で何があったんだ？　アルヴィン、中身別の奴になってね？　怖いんだけど」

「本当にね。ここ十年で一番の驚きだったわ」

アルヴィン様の様子を見ていたみんなは、急激な変化にやはり驚きや戸惑いを隠せなかったみたいで、何があったんだとテオやラーラには詰め寄られた。

私が逆の立場だったとしても、気になって仕方ないはず。アルヴィン様は塔を出た後も私に対し、それはもうフレンドリーで優しいままだった。

「塔でのことは俺達二人だけの秘密だよね、ニナ？」

「は、はい。そうですね！」

アルヴィン様は西の塔でのことを誰にも話すつもりはないようで、私も同意しつつ頷く。

「へえ？　少し焦るなあ」

「焦るって、何が？」

「色々。僕だけじゃなく、ディルクもじゃないかな」

「…………？」

言葉の意味は分からなかったけれど、これからは皆で仲良く過ごせそうで、心底ほっとした。

《うっ……うう……す、すごく良い話ですね……！》

「そ、そう？」

アルヴィン様との西の塔の話を終えたところで、エリカは何故か号泣していた。もちろん、アルヴィン様の過去については伏せて話している。

そんなにも感動するところがあっただろうかと思っていると、濡れたハンカチを握りしめたエリカは「やっぱりニナさんはすごいです」と呟いた。

《私なんて聖女として何もできていないのに、最初から皆さんに良くしてもらって……どれだけ自

分が恵まれているのか、あらためて実感しました》

「エリカが頑張っていて、とても良い子だから、みんな力になりたいと思うんだよ」

《ニ、ニナさん……！》

エリカは再び大粒の涙を流し始め、どうすれば泣き止むだろうと慌てていると、不意に後ろから聞き慣れた声がした。

「随分懐かしい話をしていたね」

「わっ！　アルヴィン様、おかえりなさい」

振り返った先にはアルヴィン様の姿があって、驚いてしまう。とうに会議は終わっていたようで、私達が話し込んでいる間、隣室で待っていてくれたらしい。

アルヴィン様は私の側へ来るとテーブルに手をつき、魔道具に映るエリカに声をかける。

「久しぶり。すごく頑張っているって聞いたよ」

《はい、お久しぶりです！　お蔭様で、色々とできることが増えてきました》

エリカは私とアルヴィン様を見比べると、やがて嬉しそうに微笑んだ。

《アルヴィン様がこうして私とお話ししてくださるのも、全部ニナさんのお蔭ですね》

「そんなこと――」

「ああ。そうだよ」

柔らかくアメジストの瞳を細め、はっきりそう言ったアルヴィン様に、どきりとしてしまう。

《ふふ、お邪魔な私はそろそろ失礼します。ニナさん、ぜひまた続きを聞かせてください！》

「もちろん。エリカ、色々と気をつけてね」

《はい。ニナさんも》

片手を振った後、魔道具の通信を切る。

その後はアルヴィン様とシェリルと共に、ソファに腰を下ろした。

「ごめんね。隣室まで声が聞こえてきたから、会話はほとんど耳に入ってしまって」

「いえ、こちらこそすみません。声が大きいってよく言われます……」

むしろ気を遣わせて申し訳ないと謝れば、アルヴィン様は首を左右に振り、微笑んだ。

「ニナに会いたくて早くに戻ってきたから、前半も聞こえて消えてなくなりたくなったよ」

「あっ……」

「当時の俺は本当に愚かだった。ニナにあんな態度を取っていたなんて、未だに信じられない」

「いえ！　全然気にしていないので！」

アルヴィン様は私に冷たかった頃の話をすると、毎回それはもう後悔している様子を見せる。

あの頃の自分の両手両足の指を切り落としたいなんて物騒なことも言うため、なかなか恐ろしい。

「西の塔のダンジョンでのことも、懐かしいな」

「本当に懐かしいです。……その、アルヴィン様は西の塔で私のことを好きになったって前に言っていましたが、本当ですか？」

私は聖女であり治療の役割を担っているのだから、命を救おうとするのは当然のことだ。同じ立場だったなら仲間のみんなも、絶対に同じことをしたはず。

だからこそ、それだけでアルヴィン様のような完璧な人が私を好きになるなんて、信じられない。

やがてアルヴィン様は小さく笑い、口を開いた。

「そうだよ。もちろん、ニナが命懸けで俺を救ってくれたからだけじゃない。俺のことを絶対に見捨てない、死ぬ時は一緒だって言ってくれた時、ニナは本当に俺を裏切らないって思ったんだ」

黙ったままの私に、アルヴィン様は続ける。

「そして、ニナのことが知りたいと思った。それから関わっていく中でニナ自身に惹かれていったから、あれはきっかけにすぎない。俺はニナの全てが好きなんだ」

「……っ」

あらためて告白をされ、心臓が早鐘を打つ。

いつだってアルヴィン様の言葉はまっすぐで、心から私を想ってくれているのが伝わってくる。

「──あの日からずっと、死ぬ時はニナと一緒がいい、ニナと一緒に死にたいって思ってた」

悲しくて重い言葉に、アルヴィン様は母親との記憶にずっと囚(とら)われているのだと悟る。

「それが俺にとって、一番の幸せだと思っていたから」

当時の恐怖や寂しさが未だに忘れられないのかもしれないと思うと、胸が痛んだ。

けれど、アルヴィン様は「でも」と首を左右に振る。

「今はもう、そう思わないんだ」

「……え」

「たとえ俺が死んだとしても、ニナには生きていてほしいし、幸せになってほしい」

それが今の俺の幸せなんだ、と微笑んだアルヴィン様に、私は心底泣きたくなっていた。

「誰のことも信じられなかった俺が変われたのも、ニナのお蔭なんだ。ありがとう」

「アルヴィン様……」

上手く言葉にできないけれど、アルヴィン様の変化はきっと、奇跡みたいなことで。私がきっかけでアルヴィン様の世界が良い方向に変わったのなら、それ以上に嬉しいことはなかった。

「俺は本当にニナが何よりも大切で、好きなんだ。ニナのためなら、どんなことだってできる」

私は多分、アルヴィン様からの愛情の深さを測りかねていた。だけど今はこれが「無償の愛」というものなのかもしれないと思うくらい、まっすぐな愛情が伝わってくる。

母が亡くなってからというもの、誰かからこれほど深い愛情を向けられたことがなかった私は、心が温かくなり満たされていくのを感じていた。

私もそんなアルヴィン様のことを、大切にしていきたい。

「こちらこそ、ありがとうございます。すごく、すごく嬉しいです」

「本当に？　迷惑じゃないなら良かった」

ありきたりな言葉しか伝えられず、もどかしさを感じる私を見て笑う姿に、また心臓が跳ねた。

同時に、少しの不安や違和感が胸に広がっていく。

「……それと、私はアルヴィン様と一緒がいいです。この先もアルヴィン様と、生きていきたい」

――どうして「一緒に生きていきたい」と言ってくれないのだろう。

言葉にしていないだけだと分かっていても、まるで私の未来にアルヴィン様はいないと考えているように思えて、胸騒ぎがしてしまう。

やがてアルヴィン様は眉尻を下げて笑うと「ありがとう」と言って、私を抱き寄せた。

「ごめんね。……俺も本当はそう思ってるよ」

謝罪の意味も「本当は」という言葉の意味も分からないけれど、同意してくれて安堵する。

「とりあえずアルヴィン様はもっと、食事や睡眠に気を遣ってください。いい加減だと聞きました」

「そうだね。毎食ニナが一緒に食べてくれて、毎晩ニナが一緒に眠ってくれたら解決すると思うな」

「……もう」

軽く睨んだ後、顔を見合わせて笑い合う。

――胸の中に広がるこの温かくて落ち着かない感情の名前も、もうすぐ分かる気がした。

第二章　過去とこれからと

数日後、魔法塔へと呼び出されていた私は、オーウェンとお茶をしていた。

「エリカに昔の話をしたんだって？　オーウェンさんは昔から良い人だったんですね、なんて言われて調子が狂ったよ」

「事実、オーウェンは良い人だもの」

「そんなことないのになあ」

最近ではお茶友達として、お喋(しゃべ)りをすることも珍しくない。テオやラーラが一緒のこともあった。

「私は最初からずっとオーウェンを頼りにしていたし、すごく救われたから。本当にありがとう」

「それは良かった、下心もあったけどね」

「はいはい」

優雅な手つきで紅茶を飲みながら、オーウェンはそんなことを恥ずかしげもなく言ってのける。

それもいつも通りで、私もティーカップ片手に「冗談ばかり言わないの」と言ったのに。

「冗談じゃなかったよ」

「……え」

「僕はちゃんと、ニナのことを好きだった」

突然そんなことを言われ、動揺した私は思わず熱い紅茶を辺りに撒き散らしそうになった。

顔を上げれば、真紅の瞳と視線が絡む。その真剣な眼差しに「冗談はやめて」なんて、言えなかった。

オーウェンはよく嘘や冗談を言うけれど、優しい彼は必ず本気ではないと分かるようにするのだ。

だからこそ、今の彼の言葉に偽りがないことはすぐに分かった。私はひとまずソーサーにティーカップを静かに置くと、一息ついてオーウェンを見上げる。

「い、いつからいつまで……？」

「本当に一切気が付いてなかったんだ。流石だね」

彼はふっと口元を緩め、長めの髪を耳にかけた。

「最初から可愛いな、好ましいなとは思ってたけどね。はっきり自覚したのは、アルヴィンがニナを好きになった頃かな？　あれは結構焦ったよ」

つまり、一度目の転移の半ばくらいからだろう。もちろん私は全く気が付いていなかったし、時折の口説き文句も女好きである彼の挨拶くらいにしか思っていなかった。

「アルヴィンを変えたことにも流石だな、ってぐっときたんだよね。それで惚れたのかも」

「ほ、惚れ……」

過去のことだとしても、面と向かってはっきりとそう言われると照れてしまう。

「あの辺りから結構、ニナへの態度を変えたつもりだったんだけど、それも全く気付かなかった?」

「うん。西の塔のダンジョンに飛ばされた後、みんな心配から過保護になっただけなのかと……」

「ああ、テオはそうだったね。しかも僕だけじゃなくてディルクも焦ったのか、態度が変わったし。ニナからすれば、みんなが急に優しくなったくらいだったんだ。僕達、滑稽すぎない?」

そう言ってオーウェンはおかしそうに笑ったものの、私は反応に困っていた。

ディルクからも告白をされてその気持ちを知ることとなったけれど、オーウェンが真剣に私を好いてくれていたというのは、かなりの衝撃だったからだ。

「でも僕はニナが元の世界に戻ってしまった後、仕方がないことだってすんなり気持ちの整理ができたんだ。アルヴィンとは違ってね」

「そうなの?」

「うん、だからアルヴィンは本当にすごいよ。すごいを通り越して、どうかしてるとすら思う」

呆れたように肩を竦め、オーウェンは続ける。

「二度と会えないかもしれない異世界の女の子をずっと好きでいるなんて、普通はできないから」

「……うん」

一日たりとも私を忘れなかったというアルヴィン様の愛情の重さを、あらためて実感する。

最初は物騒な言葉も飛び出す彼からの好意に対し「えっ、こわ……」と戸惑っていたのに、今ではそれを「嬉しい」と感じていて、自分自身の変化に驚きもした。

「それに、ニナが僕を好きになることはないって、心のどこかでは分かってたからね」

「どうしてそう思うの？」

「なんとなく。でも僕の勘は当たるんだ」

オーウェンはテーブルに片肘をつき、私の顔をじっと見つめる。

「どう？　僕がニナを好きだったたって知った感想は？」

「う、嬉しいのと恐れ多いのと驚きって感じで……」

「あはは、いいね。満足したよ」

よく分からないけれど、満足いただけたらしい。

私はいつの間にか温くなっていた紅茶を魔法で温め直すと、一口飲み、息を吐いた。

「まあ、僕もかなり好物件だと思うんだけど、アルヴィンには流石に勝てる気がしないし、これからは応援しようと思って」

「応援？　何の？」

「アルヴィンとニナの仲をだよ」

「げほっ、ごほっ……ど、どうしたの、急に」

予想外の言葉に、思わず再び口に含んだ紅茶を噴き出しそうになる。再会した後、アルヴィン様には存在を知られない方がいいと言っていたくらいだし、余計に驚いてしまう。

「健気なアルヴィンを応援したくなったんだ」

「…………」

「今日、僕に告白されたって言ってもいいよ。嫉妬するアルヴィンが目に浮かぶな」

「ねえ、面白がってない？」

「あはは、半分くらいは。でも、ニナだって今はアルヴィンに対して、満更でもないよね？」

「……っ」

私の心の中を見透かしたような真紅の瞳に、どきりとしてしまう。オーウェンは満足げな表情を浮かべると、私の頭をよしよしと撫でた。

「ねえニナ、アルヴィンをよく見ていてあげてね」

「よく見るって、どういうこと？」

「とにかく側で見守ってあげて。頼むよ」

「分かった、けど……」

そう言ったオーウェンはどこか悲しげに見えて、またひとつ、違和感が積み重なった気がした。

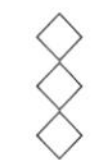

その日の夜、夕食を終えて自室でシェリルとごろごろしていると、ラーラがやってきた。

彼女の手にはお高そうなワインボトルがあり、どうやら飲みの誘いらしい。

「ニーナちゃん！　そろそろ一緒に飲まない？」

「じゃあ、少しお邪魔しようかな？　お酒を飲むのは初めてだから、お手柔らかにお願いします」

「そうこなくっちゃ！　ふふ、ラーラお姉さんがついているから安心して飲みなさい！」

ラーラお姉さんがいるからこそ安心できないのだという言葉を喉元で呑み込み、頷いた。

嬉しそうに笑うとラーラは私と肩をがっしり組み、そのまま部屋を出ていく。シェリルにもついておいでと声をかけ、私達はラーラの部屋へと向かった。

王城内にある彼女の部屋は、王族かと突っ込みたくなるくらい豪華でギラギラしていて、すごく眩しい。天井の中心には、大きなシャンデリアまである。

「おっ、ニナが来るの初めてじゃね？」

「珍しいな」

そこには、テオとディルクの姿もあった。本当は全員で集まりたかったものの、アルヴィン様とオーウェンは仕事で来られなかったらしい。

「アルヴィンにはニナを誘うなんて言ってないから、暇でも断ったに決まってるわ。そのうちニナもいるって報告がいって、勝手に来るでしょう。さ、飲むわよー！」

アルヴィン様が知らないとは言え、王城内だしみんなと一緒だから、きっと大丈夫だろう。それにラーラの言う通り、私の護衛から報告がいくはず。

「わあ、すごい量だね！　これ全部飲み切れるの？」

「もちろん。ディルクとか水みたいに飲むからな」

「大袈裟だ」

「ふふ、それは楽しみ」

既にテーブルの上には様々なお酒やおつまみがずらりと並んでいて、ちょっとしたパーティーみたいだ。私用らしいお菓子まである。

私は結局、未だにお酒を飲んだことがなかった。この世界ではＯＫでも、日本の法律的にはまだお酒が飲めないため、なんとなく罪悪感があったのだ。

けれどもう元の世界には帰るつもりもなく、この世界にずっといたいという気持ちが強くなったせいか、そろそろ飲んでみようと思っていた。

「それじゃ、ニナの初めてのお酒に乾杯〜！」

「乾杯！」

みんなとグラスを合わせ、ドキドキしながら真っ赤なワインの入ったグラスに口をつける。アルコールの香りだけで酔ってしまいそうと思いながら、口内に含んだ。

「ニナ、どうだ？　初めての酒は」

「す、すごく……お、大人の味がする……」

「ははっ、不味かったか。顔に出すぎだろ」

正直なところ、美味しいとは思えなかった。もっとジュースのようなものを想像しており、舌に残るわずかな苦みを消すために、近くにあったフルーツをつまむ。

「ニナはまだまだガキだな」

「……テオに言われると、なんかすごく悔しい」

「次はこっちを飲んでみるといい、飲みやすいはずだ」

「ありがとう、ディルク」

ディルクが差し出してくれたグラスの中身は、甘い果実酒を水で割ったものらしく、とても飲みやすい。むしろ美味しくて、あっという間に全て飲み干してしまった。

「あらニナ、なかなかいけるじゃない」

「うん。これなら美味しいし、いけそう」

それからはちびちびとお酒を飲みながら、みんなでのんびりと他愛のない話をした。

テオの高ランクの魔物をかっこよく倒したという武勇伝や、ディルクの騎士団での話、ラーラの男性関係の話など話題は尽きず、どんどん場は盛り上がっていく。

「そういやエリカに昔の話、したんだろ?」

「あ、テオも聞いたんだ」

「ああ。ニナはすごいって泣きながら話してたぞ」

そして話題はまたもや、私達の過去の話になった。

「昔のニナ、相当やばかったよな。俺、ちょっと怖かったもん。こいつ大丈夫か？　って」

「褒め方、他になかった？」

「自分には関係ない世界とか人間のために、よくこんな頑張れるよなって誰だって思うだろ」

「ああ」

テオの言葉に、ディルクも深く頷いている。

「あの頃のニナは無理をしすぎて、今にも死んでしまいそうだったからな。目が離せなかった」

「そうそう、アルヴィンみたいに危なっかしくてさ」

「そ、その節は皆様に色々とご迷惑を……」

当時、ディルクが初めて私に手を貸してくれたのも、そんな理由からだった。

確かにエリカが当時の私と同じことをしていたら、すぐさま止める自信がある。必死だったとは言え、心配をかけてしまって申し訳なくなった。

「でも、本当にすげえよ。ニナはすげー頑張り屋だ」

「……私ね、みんなが仲良くしてくれて、助けてくれて本当に嬉しかったんだ。どうもありがとう」

「お前、良い奴なの顔に出てたしな。当たり前だろ」

わしゃわしゃと頭を撫でられ、みんなと友達になれて本当に良かったとあらためて思っていると、向かいに座るラーラが「ちょっとお」と不機嫌な声を漏らした。

「その話題、私が気まずくなるんだけど」

「それに比べてラーラってほんと嫌な奴だったよな、って痛え！　叩くなよ、事実だろ！」

「お黙り」

ラーラとテオのやりとりに、笑みがこぼれる。こうして今、笑い話にできるようになったのも嬉しかった。

「でも、ラーラって面倒見が良いよね。ラーラのお蔭で色々な魔法を使えるようになったし」

「でしょう？　まあ、ニナは頑張っていたしね。この私が認めざるを得ないくらいには」

「本当にありがとう。エリカにも教えてあげてね」

「……気が向いたらね」

ラーラはふん、と言ってそっぽを向いたものの、最近ではエリカを認め始めていることにも気が付いていた。

たまに素直じゃないけれど、ラーラは本当は優しくて面倒見が良い、素敵なお姉さんなのだから。

「それにしても、ニナの後半の成長やばかったよな」

「ああ。魔王討伐の時には本当に頼りになった」

「そう？　全然弱らなくて、ずっと変な汗かいてたよ」

「私、途中で抜け出そうかと思ってたわ」

ラスボスである魔王との戦いは、半日以上続いた。

体力も魔力も限界で、本っ当に辛かった記憶がある。

——アルヴィン様、ディルク、テオ、オーウェン、ラーラ、そして私。誰か一人でも欠けていたならば、間違いなく倒せなかっただろう。

あの時の達成感と、もう誰も傷付かずに済むという安心感を、私は一生忘れることはないだろう。


それからもみんなハイペースでお酒を飲み続け、どんどん空のボトルが増えていく。

「ほらあ、酒もっと持ってきなさいよぉ！　ぜーんぶアルヴィンのせいにしていいから！」

「この城の酒、全部飲み尽くしてやろうぜ」

「もう、二人とも落ち着いて」

テオとラーラは明らかに酔っている。ラーラは空き瓶を振り回したり、男性の使用人に悪絡みしたり、ディルクを椅子(いす)にしたりと、やりたい放題していた。

一方、テオはぴょんぴょんと兎(うさぎ)のように部屋中を駆け回り飛び跳ね、時折ラーラの部屋の一部を壊している。

とは言え、お酒を飲まなかっただけで飲みの場にいたことはあるため、今更驚きはしない。そんな私はスローペースで飲んでいたものの、時間が経(た)つにつれて、ふわふわする感覚を覚えていた。

「ディルクもラーラに怒っていいからね」

「ん」

「……もしかして、ディルクも酔ってる？」

「すこし」

「えっ、大丈夫？」

「ん」

見た目はいつも通り爽やかだから全く気が付かなかったけれど、どうやらディルクも酔っていたらしい。

ディルクの周りには信じられない量の空き瓶が転がっていて、いくらお酒に強くてもこれは酔って当然だ。

「みんな飲み過ぎだよ。ほら、お水飲んで」

「ん」

「ディルク、子供みたい」

「……ん」

私はディルクに水を飲ませた後、テオとラーラにも水を飲むよう勧めたけれど、二人は「こんなの水だ」なんて言ってお酒を飲み続けている。ダメな大人すぎる。

ディルクに再びお酒を飲ませようとするのを必死に止めていると、テオは私とディルクを見比べ、口を開いた。

「ディルクって、いつからニナが好きだったんだ？」

「げほ、ごほっ」

「大丈夫？　ち、ちょっとテオ、何言ってるの！」

テオの唐突すぎる問いに、水を飲んでいたディルクが思い切り咳き込む。本当にいい加減にしてほしい。

「こないだもうニナのことは諦める、気持ちの整理ができたって言ってたし、いいかなって」

「えっ？」

「………」

戸惑いながら視線を向ければ、ディルクは長い睫毛を伏せ否定をしないまま、口を閉ざしていた。

「あら、そうなの？　そんな話、私は聞いてないし詳しく聞かせなさいよ」

興味津々といった様子でラーラはシャンパンボトル片手に、ディルクの隣へと移動する。私はどう反応すればいいのか分からず、余計な発言をするテオの頬をつねることしかできずにいる。

やがてラーラによってなみなみに注がれたシャンパングラス片手に、ディルクは口を開いた。

「いろいろあって、アルヴィンとけっとうした」

「け、決闘……？」

誰も知らなかったようで、ディルクの言葉に私だけでなく二人も息を呑んだのが分かった。

貴族はもちろん、騎士であるディルクにとって決闘というのは、名誉だけでなく全てをかけた闘いのはず。よほどのことがない限り、行われるものではない。だからこそ、どうして二人が決闘をするまでに至ったのか分からなかった。

「アルヴィンに聞きたいことがあったが、こたえてくれなかったから、けっとうをもうしこんだ」

酔いのせいで舌足らずな口調で、ディルクは続ける。

「嘘だろ？　決闘までして聞きたいことって何だよ」

「………べつに、大したことじゃない」

「ディルクって世界一嘘が下手よね」

呆れて肩を竦めるラーラの言う通り、ディルクは本当に嘘が下手だと思う。

決闘までして尋ねる問いが、大したことないわけがなかった。

「で、結果は？」

「おれが勝った。剣のみだったから」

魔法を使えばアルヴィン様が勝っていた可能性もあるけれど、剣のみでの勝負となると、やはり最年少で騎士団長にまで上り詰めたディルクが優勢に違いない。

アルヴィン様だって、不利であることは最初から分かっていたはず。それでもディルクの真剣な決闘の申し込みを断ることなど、できなかったのだろう。

「良かったじゃん」

「……それでも、あいつにはかなわないと思った」

ディルクはそう言うと、片手で目元を覆った。その様子からは、悔しさというよりも悲しさが感じられる。

――二人の間に何があったのか、気にならないはずがない。けれど、決して私達には教えてくれないだろうということも、ディルクの様子から分かっていた。

「アルヴィンに脅されでもしたわけ？」

「いや、ちがう。おれは、いくじのない人間なんだ」

ディルクのこんなにも思い詰めたような、自分を責めるような様子を見るのは初めてだった。

どんな言葉をかけるのが正解なのか分からず、手のひらを握りしめる。

やがてディルクは顔を上げると、私を見つめた。

「ニナ、アルヴィンを頼む」

オーウェンに続いてディルクまで、どうして突然そんなことを言うのだろう。もしかしたら、アルヴィン様の身に何かが起きているのかもしれない。言いようのない濃い不安が広がっていく。

「……うん、分かった」

何も知らない自分にもどかしさや寂しさを覚えながらも、ディルクの目を見つめ返して頷いた。

アルヴィン様も二人も、私が知るべきではないと判断したからこそ、私に話していないのだから。

私は無理に聞き出さず、二人の言う通り、側で見守るべきなのだろう。

一方、お酒を飲みながら話を聞いていたラーラは「ふうん」と呟（つぶや）くと、ディルクの背中を思い切り叩いた。

「お前も十分良い男よ。自信持ちなさい」

「…………」

「この私を信じられないの？　ねえ、ニナ」

「もちろん！　ディルクは本当に素敵な人だよ！」

すぐに頷けば、ディルクは困ったように微笑んだ。

「……俺の気持ちは、迷惑ではなかっただろうか」

「そんなこと、あるわけない！　……ディルクに好きって言ってもらえて、すごく嬉しかった」

――ディルクみたいに優しくて素敵な人が私を好いてくれて、本当に嬉しかった。

同じ気持ちは返せなかったけれど、私はディルクという人が大好きで、誰よりも尊敬している。

やがてディルクは「そうか」と言って笑うと、先ほどから零れ続け大分中身が減ったグラスに口をつけた。

「まあアルヴィンには敵わない、って気持ちになるのも分かるわ。あいつは本当に色々とおかしいもの、異常よ」

「それもう悪口じゃん。確かにあいつはおかしいけどさ」

「褒めてるのよ。とにかくアルヴィンは殺しても死なないだろうし、ニナも暗い顔をしないの」

ラーラは私の様子に気が付いていたようで、優しい笑みを向けてくれる。彼女の言う通り、アルヴィン様は誰よりもすごい魔法使いなのだから大丈夫だと、自分に言い聞かせた。

そんな私に、ラーラは「ニナだってそうよ」と笑う。

「えっ、私？」

「ニナには敵わないって思うことがあるもの。さっきの話じゃないけど、他人のためにそこまで頑張れないわ」

　ラーラの言葉に、ディルクもテオも頷く。

「ニナは頑張りすぎだ。肩の力をぬいていい」

「おう。俺ら全員でお前のことを養ったっていいしな」

「そうよそうよ、私と気楽に遊びましょう」

「俺達、もっとニナに頼られて甘えられたいんだ」

　三人の優しい言葉に、視界がぼやけていく。

　――私は多分、誰かに甘えることが上手（うま）くない。甘えても良い相手がずっと、いなかったから。けれど、今は違う。むしろ甘えないと心配をかけてしまうくらい、私を大切に思ってくれる人達がいる。そしてそれがどんなに幸せなことなのかも、分かっていた。

「本当にありがとう……わ、私、この世界に来て、頑張って、みんなと仲良くなれて良かった」

　お酒が入っているせいか、目からはぽろぽろと涙がこぼれてくる。私を見てテオは「子供みてえ」と笑いながら、よしよしと頭を撫でてくれた。

　私にとっての居場所はこの世界で、みんなの側なのだと実感する。そしてもう一度、この世界に来ることができて良かったと、あらためて心の底から思った。

気が付けば、少しだけと言っていた私もかなりの量を飲んでしまっていた。

ラーラとテオはまだまだ元気らしく、メイド達にさらにお酒を持ってこさせている。ディルクは完全に酔い潰（つぶ）れており、ラーラのベッドで心地よさそうに眠っていた。

私もまた瞼（まぶた）が重くなってきて、ソファの背にぼふりと体重を預け、目を閉じる。

「——ニナ？」

そうして幸せな気持ちで微睡（まどろ）んでいると、やがてアルヴィン様の優しい声が耳に届いた。

薄く目を開ければ、ひどく心配げな顔で私を見つめるアルヴィン様と視線が絡む。

その瞬間、自分でも驚くくらい嬉しくなって、思わず笑みがこぼれたのが分かった。

「……ニナは本当にずるいね。ここに来るまで怒ろうと思っていたのに、全部どうでもよくなった」

アルヴィン様は眉尻を下げて微笑むと、今もはしゃぎ続けるラーラやテオに向き直った。

「それで？　どういうことだ、これは」

「あらあ、アルヴィン王子様ったら遅かったわね」

「会議が長引いたんだ。終わってすぐにニナがお前達と酒を飲んでいると聞いて、他の仕事を全て無視してここに来た」

どうやら、かなり心配をかけてしまったようだった。申し訳ないと思いながらも、瞼が重くて目を閉じる。

「別に同じ建物の中で酒を飲むくらいいいじゃない。それにアルヴィンのことだって、ちゃんと誘ったわ」

「ニナがいると知っていたら参加した」

「まあ、最低！　相手を選んで断るなんて！」

ラーラの大袈裟に悲しむ声と、アルヴィン様の大きな溜め息が聞こえてくる。

「次はオーウェンも誘って、六人で飲もうな！　エリカが帰ってきたら、七人でさ」

「ああ、誘ってくれ」

「えっ……アルヴィンが素直だとなんか怖いな」

「…………」

そんなやりとりの後、コツコツと足音が近づいてきたかと思うと、ふわりと身体が浮いた。優しい体温と良い香りに包まれ、目を閉じたままでもアルヴィン様に抱きかかえられたのだと気付く。

「俺はニナを部屋まで送ってくる」

「はあ～い、そのまま送り狼にはならないようにね――なんて思ったけど、なった方が面白いわね」

「シェリル」

ラーラの声を無視して私を抱えたまま、アルヴィン様は歩き出す。ディルクの側にいたシェリルは可愛らしい鳴き声で返事をすると、こちらへ来て私の手を舐めた。

シェリルは以前からディルクにやけに懐いていて、アルヴィン様が「俺の方が一緒に過ごしているのに」と拗ねていたことを思い出す。

私はなんとか「おやすみ」と「今日はありがとう」と二人に告げ、ラーラの部屋を後にした。

薄暗い静かな長い廊下を、アルヴィン様はまるで宝物のように私を抱きかかえながら歩いていく。

「ニナ、具合は悪くない？」

「はい」

「良かった。このまま部屋まで歩いていくね」

廊下は少しだけ肌寒くて、心地いい。お蔭でだんだんと酔いが醒めていく感覚がする。

「……アルヴィン様、ありがとうございます」

「それは何に対するお礼？」

「迎えにきてくれて、うれしかったです」

「本当に？　迷惑じゃなかった？」

素直な気持ちを告げると、アルヴィン様は不安げな顔をした。以前ラーラに「恋人でもないのに面倒で重い」と散々言われたのを気にしているのかもしれない。

けれど私は、アルヴィン様が迎えに来てくれるのをずっと期待していたんだと思う。

だからこそ、テオに「そろそろ部屋まで送るか？」と何度か尋ねられても、もう少しいると答えていたのだ。

――そして、気付いてしまう。私はとっくに、アルヴィン様には甘えていたのだと。

「アルヴィン様がきてくれるの、まってたんです」

「……そんなことを言うと、俺はつけ上がってもっと面倒な男になるよ。毎日でも迎えに行く」

「ふふ」

アルヴィン様らしい言葉に、思わず笑ってしまった。照れたように笑い「すごく嬉しい」「遅くなってごめんね」と言ってくれるアルヴィン様が愛(いと)しいと思う。

こんなにも私を好きになってくれる人は、この先の人生でもアルヴィン様以外、現れないという確信がある。

いつからかアルヴィン様のまっすぐな愛情は、私にこれ以上ない安心感を与えてくれていた。

「……アルヴィン様って、すごくきれいです」

抱きかかえられているため、すぐ目の前に月明かりに照らされたアルヴィン様の顔があり、見入ってしまう。

普段なら照れるはずなのに、酔っているせいか整いすぎた顔をじっと眺められている。

本当に作りものみたいに何もかもが完璧で綺麗(きれい)で、頬にそっと触れると「ニナ」と静かに名前を呼ばれた。

「ニナに触れられるのは嬉しいけど、この距離で見つめられると、何もせずにいる自信がない」

「……何もしてくれないんですか？」

少しの後にそう答えると、アルヴィン様のスミレ色の瞳が驚いたように見開かれる。

次の瞬間、私の身体は浮遊感や光に包まれ、景色は廊下から私の部屋へと変わっていて。気が付けば、ベッドの上に押し倒されていた。

至近距離で見下ろされ、心臓が跳ねる。

「お願いだから、もう二度と酒は飲まないで」

「どうしてですか」

「ニナが酒に酔った勢いで、そんなことを他の男に言っては困るから」

その言葉に、少しだけ苛立ってしまう。

「……こんなこと、アルヴィン様にしか言いません」

もっと近づきたいと思ったのは、本当だった。

アルヴィン様はいつだって私の気持ちを優先して、大切にしてくれている。

最近では時折、それがもどかしく感じることもあった。

「ねえ、酔ってる？」

「少しだけです」

「酒の勢いならやめてほしい。俺はニナの前だと馬鹿な男になって、全て本気にするから」

きっと今の私は、まだ酔っている。けれど、酔った勢いでこんなことを言っているわけではない。

お酒のお蔭で、自分に素直になれているだけ。

――私は本当はもっと前から、自分の気持ちに気付いていていたんだと思う。

ただ、認めるのが怖かった。

心を預けた相手が離れていくのが、怖かったのだ。

『俺は本当にニナが何よりも大切で、好きなんだ。ニナのためなら、どんなことだってできる』

けれど今は、アルヴィン様はずっと私だけを好きでいてくれるという確信がある。

それはアルヴィン様が私をまっすぐに好いてくれていて、私に対して誠実で、いつだって行動や態度に表してくれているからだった。

「お酒の勢いなんかじゃ、ありません」

「……本気にしていいの?」

「はい」

まっすぐに見つめ返して頷くと、アルヴィン様の瞳が揺れた。今にも泣き出しそうな表情すらも愛おしくて、自分の気持ちをあらためて実感する。

私はアルヴィン様のことが、好きなのだと。

「ニナ、好きだよ。本当に好きだ」

やがてそんな言葉と共にアルヴィン様の顔が近づいてきて、私は静かに目を閉じた。

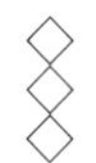

「……あ、あたま……いった……」

ずきずきと痛む頭を押さえながら、目を開ける。すぐに回復魔法をかければ、痛みはすっと引いていった。

だんだん頭がはっきりしてきて、昨晩はラーラ達と遅くまでお酒を飲んだことを思い出す。酔うと記憶がなくなる人もいるらしいけれど、私はしっかり覚えていた。

色々と思い出した末、再び布団を被り、叫び出したくなってしまう。

「わ、私……アルヴィン様と……」

ベッドの上で押し倒され、キスをされた。

それも一回だけでなく、何度も何度も繰り返された記憶がある。

『ニナ、逃げないで』

『っアルヴィン様、もう……』

数え切れないくらい唇が重なり、最後の方は身体に力が入らず、されるがままだった。

熱を帯びたアルヴィン様の瞳や表情が頭から離れず、思わず手足をじたばたとバタつかせる。何事だという顔で近づいてきたシェリルを、私はきつく抱きしめた。

「ど、どうしよう……どうするも何もないんだけど……」

やはりこれからは、アルヴィン様との関係も変わるのだろうか。もちろん誰かを好きになるのも、キスをするのも初めてだった私は、どんな顔をして顔を合わせればいいのか分からない。

どうしようもなくドキドキして、落ち着かない。ふわふわと宙に浮かんでしまいそうだ。

けれどひとつだけ、気になることがあった。

「ねえ、シェリル。アルヴィン様はいつ戻ったの？」

そんな問いを投げかければ、シェリルはこてんと首を傾げる。もちろん答えを期待していたわけではなく独り言のようなもので、かわいいシェリルを再び抱きしめた。

アルヴィン様はいつもこういう時、私の目が覚めるまで側にいてくれるのだ。だからこそ起きた時に姿がなかったのが、少しだけ寂しいと思ってしまった。

「……本当、甘えすぎているみたい」

やはり自分が思っている以上に、アルヴィン様に甘えきっているのだと実感する。

時計へと視線を向ければ、もう朝食の時間だった。今日はみんなで集まって朝食をとる日で、支度をして向かわなければと頬を両手で軽く叩く。

私は専属のメイドを呼ぶと、いつもよりも丁寧に身支度をしてもらった。

「ニナ様、今日はどこかへお出掛けされるんですか？」

「な、何も予定はないんですけども……」

お気に入りの髪飾りまでつけてもらったことで、メイドにそう尋ねられ、恥ずかしくなる。

アルヴィン様に少しでも可愛いと思ってほしかっただけで、私にもこんな乙女な一面があったのだと初めて知った。


「お、おはよう……って、あれ？」

緊張しながら食堂へと足を踏み入れると、そこにはアルヴィン様とオーウェンの姿しかない。

他の三人はどうしたのだろう。

「おはよう、ニナ。今日はいつも以上にかわいいね」

そう言って微笑むオーウェンにお礼を言い、私はいつも通りアルヴィン様の隣の席に腰を下ろす。

アルヴィン様は「おはよう、ニナ」とだけ言い、食事を持ってくるようメイド達に声をかけた。

「お、おはよう、ございます……」

動揺してしまい、自分でも驚くほど小さな声が出た。アルヴィン様の顔を見た途端、色々と思い出してしまい顔が熱くなって、隣を見れなくなってしまう。

「ちなみにここにいない三人は、二日酔いが酷くて起き上がれないってさ。そんなに飲んだんだ？」

「うわあ……朝食後に回復魔法をかけに行かないと」

オーウェンによると、テオやラーラの部屋からは「つらい」「きもちわるい」とすすり泣くような声が聞こえてきたという。ダメな大人すぎる。

早めに食べ終え、苦しんでいるであろう三人のもとに行こうと決めて両手を合わせ、食事を始めた。

「…………」
「…………」
「…………」

それからは驚くほど静かな中、食事をした。アルヴィン様が、何も言葉を発さないのだ。普段とは別人で、何かしてしまっただろうかと不安になるくらいに。

私も自分からアルヴィン様に話しかけるどころか、彼の方を向くことすらできないまま。

オーウェンもアルヴィン様と私の様子の変化に気が付いたようで、含みのある笑みを浮かべた。

「あーあ、昨晩は僕も参加したかったな。ニナは酒を飲むのは初めてだったんだよね？」

「うん。思ったよりも酔ったけど、楽しかったよ」

オーウェンは仕事で参加できなかったのを残念がっており、今度は全員で飲もうと約束する。

「酔ったニナ、見たかったな。かわいいだろうし」

「ううん。ディルクの方が絶対にかわいい」

顔には酔いが出ていないのに「ん」しか言わないディルクの姿を思い出し、つい笑みがこぼれた。

――その後もアルヴィン様は全く喋らないままで、もやもやとした気持ちや不安で胸がいっぱいになる。もしかすると寝落ちする直前、私が何かやらかしてしまったのだろうか。

結局気になってしまい、好きなものばかりだった朝食もあまり食べることができなかった。

一応食事を終え、無口なままのアルヴィン様は今何を考えているんだろうと悲しさを感じながら、食堂を出ようとする。

すると「ニナ」と名前を呼ばれ、足を止めた。

「ごめん」

振り返った先にいたアルヴィン様はそれだけ呟き、私の隣をすり抜け、廊下を歩いていく。一人残された私はその場に立ち尽くし、小さくなっていく背中を見つめることしかできずにいる。

「……なんで」

今のは一体、何に対する謝罪なのだろう。

アルヴィン様に何か嫌なことをされた記憶なんて、一切ない。

けれど、追いかける勇気も出ない。胸が痛むのを感じながら、重い足取りで私も食堂を後にした。

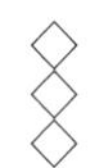

まずはディルクのもとへ向かうと、彼はこの世の終わりみたいな酷い顔色で、仕事へ行こうとしていた。急ぎ回復魔法をかけると、すぐに顔色は良くなる。

「……ありがとう、助かった。本当に助かった」

命を救われたかのような感謝をされ、何度も頭を下げるディルクに、つい笑ってしまう。

「すまない、もう二度と酒は飲まないようにする」

「また具合が悪くなったら私が治すから、大丈夫だよ」

「それと、何か変なことを言っていなかっただろうか。記憶がほぼないんだ」

「ううん、変なことなんて何にも言ってなかった」

変に色々と説明をしても気にするだけだろうし、ディルクは変なことなんて言っていない。それからもひたすらに感謝をされ、仕事終わりに私の好物のケーキを買ってくると約束してくれた。

「ニナぁ……俺、死ぬかと思った……ぐす……」

「もう、大袈裟なんだから」

それからすぐにテオの部屋を訪れると「多分俺はもう死ぬんだ」「酒なんてきらい」「つらい」と呟きながらメソメソしており、顔を見るなり縋りつかれた。

けれど回復魔法によって体調が良くなった途端「昨日は楽しかったな！」「次はいつ飲む？」なんて言い出すものだから、テオらしくて再び笑ってしまう。

「ニナちゃあん……遅かったじゃない……私、ずうっと来てくれるの待ってたんだから……うえ」

中でもラーラは一番具合が悪そうで、ベッドから起き上がることすらできないようだった。本当にみんな、揃いも揃って駄目な大人すぎる。

二日酔いを治した後は「話がしたいから、待っていて」と言い、ラーラはバスルームへと向かう。

一日何の予定もなかった私は、お茶を飲みながら彼女の使い魔のドラゴンちゃんと遊んで待っていたのだけれど。

「ちょ、ちょっと!! 服!! 服を着て!!」

「何よその反応、女同士なんだからいいじゃない」

やがてバスルームから出てきたラーラはタオル一枚を軽く巻いただけの姿で、私は慌てて両手で顔を覆う。

ラーラはそんな私を見て可笑(おか)しそうに笑うと、バスローブを纏(まと)い魔法で髪を乾かし、私の隣に腰を下ろした。髪を結んでいないラーラの姿は新鮮で、少しドキドキしてしまう。やはり圧倒的な美人で、目を奪われる。

「あー、さっぱりした。生き返ったわ、ありがと」

「どういたしまして」

ラーラはメイドを呼んでお茶を淹(い)れさせせると、長い脚(あし)を組み替え、私に向き直った。

「で? 昨晩はどうだったの?」

「ど、どうって……」

「アルヴィンと何かあったんでしょう?」

ずいと距離を詰められてラーラの濃紫(こむらさき)の髪が揺れ、シャンプーの良い香りが鼻をくすぐる。

「どうして分かったの？」

「ニナが朝からそんなにおめかしする理由なんて、それしかないじゃない。本当に可愛いわね」

ラーラはくすりと笑うと、興味津々という顔で「それで何があったの？」と繰り返す。

恥ずかしさはあったものの、今朝のことも含めて相談をしたかった私は、ラーラに昨晩のことを話し始めた。

「……あらまあ、まあまあまあ！　まあ！」

そして大方話し終えた後、ラーラは口元に手をあて、感心したように「まあ」という言葉を繰り返した。

私はというと、あらためて昨日の出来事を言葉にするのは想像以上に恥ずかしく、顔が火照って仕方ない。

「正直、驚いたわ。ちょっとイチャイチャするくらいかと思ったら、まさかした――」

「わあああああ！　もう言わないで！」

慌ててラーラの口を両手で覆い、大声を上げる。何もしてくれないのかなんて言い出した私だって、軽く一度するくらいで終わると思っていたのだ。

「それにアルヴィン様、素っ気ない態度だったし……」

「どうせ罪悪感で死にそうになってるんでしょう」

「罪悪感……？」

ラーラは前髪をかき上げ、困惑する私を鼻で笑う。

「考えてもみなさいよ。酒に酔ったニナの言葉を鵜呑み(うの)にして、抵抗を無視して好き放題したわけじゃない」

「私は少し酔っていたって、本気で――」

「傍(はた)から見れば事実だもの。やり過ぎたと反省して、ニナに合わせる顔がないんだと思うわ」

「そ、そんな……」

恥ずかしくて息苦しくて、軽くアルヴィン様の胸板を押したり、もうこれ以上はと抵抗したりしたものの、もちろん嫌なんかじゃなかった。

それでも、一人になって冷静になった後にアルヴィン様が反省や後悔をするには、十分だったのかもしれない。

「まあ、あんなにも好きなニナにそう言われて、我慢できるわけがないでしょうし、仕方ないと思うけど」

私はアルヴィン様のことが好きで、近づきたいと思って行動を起こしたのに、そのせいで距離ができてしまうなんて絶対に嫌だった。

「とにかくアルヴィン様に会って、話をしないと」

まず、私が心から望んだことだと伝えなければ。そもそもはお酒の力なんかに頼らず、シラフの時に行動を起こすべきだったと反省した。自分の不甲斐(ふがい)なさが憎い。

「でも、ようやくアルヴィンが好きだって自覚できて、良かったじゃない。そんな気はしてたけど」

「……うん。アルヴィン様がいない生活なんて、もう考えられないと思う」

いつだって当たり前のように側にいてくれるアルヴィン様がいなくなるなんて、想像もつかない。

いつの間にかアルヴィン様は、私の心の中を満たしてくれていた。

何より想いを自覚し、触れ合ったことで、私の中で恋心が大きくなっているのも感じていた。

流石にアルヴィン様の気持ちに追いつくのは、難しい気はするけれど。

アルヴィン様がいなくなれば寂しくて耐えられないと正直な気持ちを口に出せば、ラーラは何故か「悔しい」「私のニナを取られた」と舌打ちをした。

「あーあ、アルヴィンが私達にマウントをとりながら、浮かれる様が目に浮かぶわ。腹立つ」

マウントをとるなんて、そんな子供みたいなことをするわけが――と否定しようとしたものの、アルヴィン様なら全然やりかねないと思ってしまった。

これまでもテオやディルクと、私に関しては子供みたいなやりとりをしていたことを思い出す。

「それで、ニナが好きだって伝えた時、アルヴィンはどんな反応だったの？　やっぱり泣いた？」

「……え」

「変に鈍そうだし、ニナに好かれてるなんて夢にも思ってなかったんじゃないかしら――ってニナ？　おーい」

ラーラはこてんと首を傾げ、呆然とする私の顔の前でひらひらと手を振っている。

一方、私はというと、とんでもない事実に気が付き、絶望しながら内心頭を抱えていた。

「私……アルヴィン様に好きって言ってない……？」

心の中は好きという気持ちでいっぱいだったし、アルヴィン様からの愛の言葉に対しても何度も頷き、キスだって前半は受け入れていた、けれど。

よくよく考えると、一度も「好き」を言葉にしていないことに気が付いてしまった。

「……それ、本当？」

ララですら明らかに引いたような顔をしていて、余計に焦ってしまう。

「で、でも好きって言われるたびに頷いて、何回もキ、キスしたし、そんなの、好きだからってことくらい分かるはずで……」

「あんたが酔っ払いの時点でそんなのノーカンよ」

「ええっ」

もしかするとアルヴィン様は今も私からの好意に気付いておらず、ただ酔った勢いでキスを強請った女だと思っているのだろうか。恐ろしい誤解すぎる。

私は偉そうに「お酒の勢いじゃない」なんて言っていたものの、傍から見れば酔っ払いに変わりはないし、罪悪感を感じるのは当然かもしれない。

朝食を終えた後、何か言いたげな顔をしながらも「ごめん」とだけ言っていたアルヴィン様の気持ちを思うと、胸が締めつけられた。

「わ、私、アルヴィン様のところへ行ってくる！」

「ハイハイ、行ってらっしゃい。若いって羨（うらや）ましいわ」

私は慌てて立ち上がると「私も恋したーい」と溜め息を吐くラーラの部屋を出て、そのままアルヴィン様の執務室へと向かった。

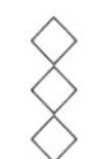

「ど、どうしよう……」

変身魔法をかけて執務室の前へ来たものの、仕事中に告白をするというのは、やはり良くない気がしてきた。

それでもなるべく早く伝えたくて、ドアの前でうろうろしていると、背中越しに「ニナ？」と声をかけられ、びくっと肩が跳ねる。

早鐘を打つ心臓の辺りを押さえながら振り返ると、そこには朝食ぶりのオーウェンの姿があった。

「どうしたの？　挙動不審だけど」

「アルヴィン様に話があって……」

「ああ、アルヴィンなら今、会議中だよ。もうすぐ戻ってくるから、執務室で待っているよう言われたんだ。用事があるなら一緒に待ってようか」

「でも、私のは仕事と関係ない用事だから」

「アルヴィンにとっては、ニナが最優先だから大丈夫」

オーウェンはそう言って笑うと、私の背中を押して執務室の中へと入る。とにかく簡潔に好きだと伝えようと決め、オーウェンと大きな机の手前の椅子に腰掛けた。

変身魔法を解き、一息つく。

「それで、喧嘩でもした？　朝は様子が変だったけど」

「……実はその、告白をしようと思いまして」

正直に話すと、オーウェンは「えっ」と珍しく驚いた様子を見せる。けれどやがて、優しい笑みを浮かべた。

「それは一大事だね。僕は用事を済ませたらすぐに出ていくことにするから、頑張って。後で詳しく教えてね」

「あ、ありがとう。どうしよう緊張してきた……」

「この世で一番成功率が高い告白だと思うけど」

アルヴィンがニナの告白を断るわけがない、不安になる必要なんてないと励まされ、少し元気が出てくる。

「今の私、どこか変じゃない？　大丈夫？」

「うん、すごくかわいいよ」

やはりソワソワしてしまって、恋をすると自分が自分ではなくなるのだと実感する。

髪に触れて整えていると髪飾りが落ちてしまい、床に転がっていく。すぐに拾おうと机の下にもぐり込み、手を伸ばした時だった。

ガチャリとドアの開く音がして、足音が室内に響く。

「オーウェン、待たせてすまなかった」

「ううん、楽しく過ごしてたよ」

「この部屋に娯楽なんて何ひとつないはずだが」

どうやらアルヴィン様が戻ってきたらしい。声を聞くだけで、ドキドキが止まらなくなる。

一方、机の下にいるままの私はあと少しで髪飾りに手が届きそうで、拾った後にアルヴィン様に声をかけようとしたのだけれど。

「それにしても、何だか元気がないね。どうかした？」

「……ニナに嫌われたかもしれない」

髪飾りを指先でなんとか掴むのと同時にアルヴィン様がそんな発言をしたことで、私は机の下から出るタイミングを完全に逃してしまった。

ちらりと見上げれば、深刻な声色のアルヴィン様とは対照的に、オーウェンは今にも噴き出しそうな顔をしていて、必死に堪えている様子だった。

私が今から告白をすると言っていたのに、当のアルヴィン様は嫌われたかもしれないと絶望しているなんて、他人事ならさぞ面白いだろう。

「どうしてそう思うの？　何かしちゃったんだ？」

明らかに面白がっているオーウェンは私がいると知ってなお、ストレートな質問をアルヴィン様にぶつけた。

「ようやく心を許してくれたと思ったのに、嫌がるニナを無理やり押さえつけて、好き勝手した」

思わず咳き込みそうになるのを、必死に堪える。オーウェンももちろん予想外だったようで、今度こそ思い切り噴き出していた。

アルヴィン様と私の間で、昨晩の件の食い違いがとんでもないことになっている。流石にオーウェンもおかしいと思ったのか、フォローに回り始めた。

「でも、本当にニナは嫌がってたのかな？　嫌よ嫌よも好きのうちって言うしさ」

「今朝だって俺の方を見ようともせず、怯えていた」

本当に待ってほしい。私が照れていたのも怯えと捉えていたなんて、アルヴィン様視点がネガティブすぎる。

「……ニナに本当に嫌われていたら、この先どう生きていけばいいのか分からない」

悲痛な声とあまりの誤解に耐えきれなくなった私は、アルヴィン様の名前を呼び、立ち上がった。

「──ニナ？」

私が突如現れたことで、アルヴィン様は切れ長の目を驚いたように見開く。

「すみません……オーウェンと一緒にお邪魔していたんですが、髪飾りを落として拾っているうちにアルヴィン様が戻られて、出るタイミングを失ってしまって……」

今にも消え入りそうな声で「そう、なんだ」とだけ呟くと、アルヴィン様は金色の長い睫毛を伏せた。その様子からはやはり、私に対して気まずさや罪悪感を抱いているのが伝わってくる。

とにかくオーウェンをこれ以上巻き込むわけにはいかないため、ひとまず用事を済ませてもらうことにした。

「オーウェンさん、とりあえず用事をどうぞ……」

「すごい状況とタイミングで振ってくれたね。まあ、急いで済ませるから待ってて。今のアルヴィンに僕の話が頭に入るか怪しいところだけど」

オーウェンは苦笑いを浮かべ、どこからか書類の束を取り出すと、アルヴィン様に話をし始める。

アルヴィン様は「ああ」「ああ」「ああ」しか言っていなかったものの話は終わったようで、オーウェンは「頑張ってね」と私の肩を叩き、執務室を出ていった。

「…………」

「…………」

やがて二人きりになり、重苦しい沈黙が流れる。

これから好きだと伝えると思うと、やはり緊張してしまう。そもそも、どう告白すればいいかも分からない。

私は何度か深呼吸をすると、言葉を発さないままのアルヴィン様の名前を呼んだ。

「アルヴィン様、大切な話があるんです」

「……聞きたくない」

「えっ」

アルヴィン様は私から顔を背けた。予想外の反応に間の抜けた声が漏れる。アルヴィン様が頑是ない子供みたいな反応をするのはもちろん初めてで、驚きを隠せない。

「どうしてですか？」

「怖いんだ」

いつだって堂々としている彼の不安そうな、怯えた様子から、それほど私を想ってくれているのだと思うと、胸の奥が締めつけられた。

もうそんな顔をしてほしくない。悩んでいたことや緊張していたことなんてどうでもよくなって、私はアルヴィン様に駆け寄ると思い切り抱きついた。

「ニナ？　急にどうし――」

「好きです」

「……え」

「私、アルヴィン様のことが好きなんです！」

そう告げた瞬間、アルヴィン様の身体がびくりと跳ねる。

顔を上げれば、信じられないという表情を浮かべ、明らかに動揺しているアルヴィン様と視線が絡んだ。アメジストの瞳が、戸惑いで揺れる。

やはりアルヴィン様は、私の気持ちには一切気が付いていなかったのだろう。

これだけでは伝わらないと、私は続ける。

「昨日は本当にごめんなさい。酔ってはいたけど、記憶もあるし全部私の意志です。アルヴィン様とキ、キスしたいと思ったから言いました」

「…………」

「今日の朝も色々思い出すと恥ずかしくて意識してしまって、顔が見れなかっただけで怯えてなんていません」

アルヴィン様の目が、大きく見開かれる。

「それと昨日はいっぱいいっぱいで、大事なことを伝え忘れてしまってごめんなさい」

「…………」

「私、アルヴィン様のことが本当に好きです」

理由なんて分からないけれど、胸が様々な感情でいっぱいになって、涙腺が緩んでいく。

「私のことがおかしいくらい好きで、私にだけすごく優しくて、いつだって私のことを大切にしてくれるアルヴィン様のことが、好きになったんです」

信じてほしくて、必死に言葉を紡（つむ）いでいく。

「本当に、アルヴィン様のことが──」

そこまで言いかけたところで、私はアルヴィン様にきつく抱きしめ返されていた。

「……アルヴィン様？」

アルヴィン様はやはり何も言わないままで、戸惑っていた時だった。

「……っ」

アルヴィン様の身体が少しだけ震えていることにも、泣いていることにも、気が付いた。

「……本当、に？」

「はい」

「本当に、俺のことが好きなの？」

「はい、そうです」

今にも消え入りそうな声で尋ねられ、何度も頷く。

「俺を哀(あわ)れに思ってるからじゃ、ない？」

「違います。アルヴィン様のことが好きなんです」

縋るように背中に腕を回され、少しだけ息苦しい。

それでも、大丈夫だと伝えるように身体を預ける。

「本当に、ニナは俺が好き？」

「はい」

「もう一回、言って」

「アルヴィン様が好きです」

「もう一回」

「大好きです」

何度も何度も確かめるように、繰り返す。

アルヴィン様は私に好きになってほしいと言いながらも、実際に私が彼を好きになるとは思っていなかったのかもしれない。

「本当ごめん。ずっとそう言ってくれることを願っていたのに、いざとなると信じられなくて、嬉しいはずなのに怖くて、どうしたらいいか分からない。ニナが好きで好きで好きで、もう俺にはそれしかないんだ」

「……はい」

「これでも必死に色々と我慢していたのに、ニナの告白を聞いてしまったらもう、本当に二度と離してあげられない。歯止めがきかなくなって、いつかニナをどうにかしてしまいそうで、怖くなる。俺は汚くて重くて、どうしようもない人間だから」

好きだと告げるだけでこんなにも不安になってしまうアルヴィン様の重い愛情だって、今は怖いと思わない。

むしろ嬉しいと感じるくらい好きになっているのだと、これから時間をかけて伝えていきたい。

「どんなアルヴィン様でも好きですから、大丈夫です」

ゆっくりと顔を上げたアルヴィン様の瞳から、静かに涙が零れ落ちていく。

「……ありがとう。俺も、ニナが好きだよ。愛してる」

俺も、という言葉から、少しは私の気持ちは伝わったようだとほっとする。

子供みたいに笑った笑顔が愛しくて、あらためて私はアルヴィン様のことが好きで幸せにしたいと、強く思った。

第三章　新しい朝

アルヴィン様に告白をしてから、一週間が経った。

「ねえニナ、俺のこと好き？」

「す、好きです」

「ありがとう、俺もだよ。どれくらい好き？」

「え、ええとですね……」

至近距離で眩しすぎる笑みを向けられ、頰を撫でられた私は、言葉に詰まってしまう。

両思いになってからというもの、アルヴィン様の甘さは限界突破していた。常に幸せそうで、それに関してはとても喜ばしいことではある――けれど。

「ちょっと！　いい加減にしなさいよ！」

そんな中、ラーラが思い切りテーブルを叩き、アルヴィン様を怒鳴りつけた。衝撃で傾いたグラスを彼女の隣に座るディルクが、すかさず摑む。

「いつでもどこでもそればかり尋ねて、聞いてるだけでイライラしてくるわ。本っ当にどうしようもない男ね」

「ニナもよくキレないよな。俺なら百年の恋も冷めるわ」

ラーラの言葉にテオも深く頷き、同意している。

そう、今はみんなでの夕食の最中だった。私としては今すぐ逃げ出したいくらい、恥ずかしくて仕方ない。

これから時間をかけて好きだと伝えていきたいと誓ったものの、毎日ずっとそんなことを尋ねられ続けては、流石に困惑してしまう。

「ニナはお前達とは違う。……そうだよね？」

縋るような視線を向けられ、慌てて頷く。

実は数日前、彼の問いに対して照れていまい、答えを濁した際、アルヴィン様はそれはもう悲しんで不安げな顔をしたのだ。

私はアルヴィン様のその顔に弱く、それ以来即答するようにしていたけれど、甘やかしすぎたかもしれない。

「絶対、私達に見せつけてるじゃない！　ねえニナちゃん、私のこともとっても好きよね？」

「も、もちろん！　ラーラのことだって大好きだよ」

「ニナの一番は俺だ」

「は？　お前は黙っていなさいよ、この執着男」

「なあニナ、俺も好きだろ？」

　ラーラやテオは以前からこうだけれど、アルヴィン様は最近少し幼くなった気がする。こんな風に周りと言い合いをするなんて、昔では考えられなかった。

　私やみんなに心を開いてくれた証拠だと思うと嬉しいものの、食事中まで騒がしいのは問題かもしれない。

「まあ、最初くらいは目を瞑ってあげようよ。今だけかもしれないしさ」

「は？」

「確かにね。この調子じゃ、そのうちニナにも捨てられるでしょうし」

「表に出てくれないか」

　オーウェンやラーラの言葉に、アルヴィン様は明らかに苛立った様子を見せる。こんなやりとりだって、今に始まったことではない。

　みんなが言い合いをしている隙に食事を再開しつつ、私は向かいのディルクと平和に他愛のない話をする。

「このじゃがいものスープ、美味しいね」

「ああ。ちなみにこのパンにはこのジャムが合う」

「本当？　試してみよっと」

　そうしてジャムに手を伸ばせば、不意にアルヴィン様の手と重なった。

「ニナ、俺が塗ってあげるよ」

「えっ？」

「ちょっと！　まだ話は終わってないんだけど！」

「ニナには何でもしてあげたいんだ」

「無視すんじゃないわよ！」

「あ、ごめん。そのパン、最後の一個食べちまった」

「………」

賑やかすぎる気はするものの、喧嘩するほど仲が良いと言うし、ずっとこんな平和な時間が続けばいいなと思った。

◇◇◇

「――よし、できた。完璧！」

昼食を終え、王城の裏の屋敷の厨房にてポーションを作っていた私は、持っていたヘラを流しに置いた。綺麗な透明になった液体を灯りに掲げ、息を吐く。

最近は暇さえあれば、こうして上級ポーションを生成している。

アルヴィン様は私に何もしなくていいと言ってくれているものの、上級ポーションは作れる人間も数も限られているし、あって困ることはないからだ。

エリカへの指導がなくなった今、私は完全に無職状態だ。少しは働かなければ。

そもそも屋敷の前の畑のレアな薬草達も、消費しないともったいない。

「……田舎で一人でスローライフをしたいなんて言ってた頃が、懐かしいね」

近くで見守ってくれていたシェリルに声をかけ、ふわふわの毛並みを撫でる。今はもう、みんなと離れて過ごすなんてこと、考えられなかった。

完成した上級ポーションを小瓶に流し込むと、木で編んだカゴに入れる。

「シェリル、オーウェンにお使いできる?」

そう尋ねればシェリルは小さく頷き、カゴを咥えるとすぐに魔法塔へと向かっていく。

堂々と出歩けない私の代わりに、最近はこうしてお使いをしてくれて、とても助かっていた。

「ニナ、またポーションを作っていたんだね。今そこでシェリルとすれ違ったよ」

「アルヴィン様、おかえりなさい」

入れ違うようにして、アルヴィン様が厨房で後片付けをしていた私のもとへやってくる。

「片付けが終わったらすぐにお茶を――」

「そんなの、後でいいよ」

不意に後ろから抱きしめられ、私は思わず手に持っていた鍋を落としそうになった。中身が空で良かったと思いながら、なんとかカウンターに置く。

「二人きりになるのは二日ぶりだね。とても辛かった」

「大袈裟ですよ。毎日、何回も会っているのに」

「それとこれは別だよ」

アルヴィン様はそう言って、私の首筋に顔を寄せる。柔らかな金髪が触れ、くすぐったくなった。

「ねえニナ、こっち見て」

「い、いやです」

「酷いね。寂しいな」

アルヴィン様の方を向けばどうなるのか、私はこの一週間で思い知らされていたからだ。

「俺のこと好きなんだよね？」

「す、好きですけど」

「それなら俺のお願い、聞いてほしいな」

もう一度「お願い」とダメ押しされてしまい、心が揺らぐ。

甘えれば私が結局折れるのを知っていてやっているんだから、本当にずるいと思う。

「わ、分かりま――っ」

振り返った瞬間、噛みつくように唇を塞がれる。

動揺してバランスを崩した私の腰を抱き寄せたアルヴィン様が、少しだけ笑ったのが分かった。

アルヴィン様は今や全く遠慮がなくなり、二人きりになるといつもこうだ。先日「好き放題して

しまった」と反省していた人とは思えない。

それくらい好きだというのが伝わったのだと思うと嬉しい反面、まだ慣れない私はいっぱいいっぱいだった。

「……く、苦しい、です」

「キスが下手なニナもかわいいね」

酸素不足で必死に胸元を押したことで、ようやく解放される。アルヴィン様だって私が初めてなはずなのに、恐ろしく余裕があって、上手で悔しくなった。

「だって、まだ慣れてなくて」

「うん。だからもっと練習しないと」

「えっ？　ちょ、ちょっと待っ――……」

再びアルヴィン様の顔が近づいてきて、唇を塞がれる。

こんな甘すぎる日々が続けば、私の心臓はもたない気がした。

ある日ソファで読書をしていると、隣に座っていたアルヴィン様が私の髪に触れて何かしていることに気が付いた。

「アルヴィン様、何をしているんですか？」

「ニナの髪を編んでる」

どうやらただ下ろしていただけの髪を、結ってくれているらしい。以前よりもずっと自然に触れられ、距離感が近づいていることを感じながら、本を閉じる。

「ニナの髪は綺麗だね」

「絶対にアルヴィン様の方が綺麗です」

光の束を集めたような彼の金髪は、いつだってキラキラと輝いていて眩しい。髪だけでなく目も肌も全てにおいてアルヴィン様は完璧で、美しかった。

未だにふとアルヴィン様を見つめながら、この人が私を好きなんて不思議だとあらためて思ったりもする。

「ニナは全部がかわいくて眩しくて、天使みたいだ」

「……アルヴィン様視点の私を見たいです」

私に対して特殊なフィルターがかかっているのか、相当な美女に見えているらしい。いつかその効果が解けないことを祈るばかりだ。

「ニナの瞳もとても好きだよ、透き通っていて綺麗だ」

「私はアルヴィン様の宝石みたいな瞳に憧れます」

「そう？　俺は自分の瞳が好きじゃないんだけどな」

アルヴィン様の瞳の色はお母様譲りだと、以前聞いたことがある。そのせいだと思うと、ちくりと胸が痛む。

「それでも私は好きですよ。いつまでも眺めていたいくらい、すごく綺麗です」

「……俺は単純だから、ニナがそう言ってくれるだけで好きになれそうだ」

「ふふ、それなら毎日言いますね」

私が側にいることで、少しでもアルヴィン様の世界が明るくなればいいなと思う。そうしているうちに髪を結い終わったようで、アルヴィン様は「できた」と呟いた。

軽く手で触れただけで、凝っていて綺麗に編まれていることが分かる。メイド達が見たら、やる気を失いそうなくらいのクオリティーだ。

「アルヴィン様、本当に何でもできてしまうんですね」

「そんなことはないよ。ニナにキスだってできないし」

「そ、それはまた別のできるできないで……」

拗ねた表情で頬杖をつき、アルヴィン様はじとっとした目で私を見つめる。

「ニナがキスは禁止だって言うから」

「アルヴィン様のせいです！」

二人きりになるとそればかりで、私は限界を迎えていた。嫌なわけではないけれど、限度というものがある。

ラーラに一度目撃された際「逆にそれだけ我慢できているのがすごいわ」なんて言われてしまって余計に恥ずかしくなり、ここ数日禁止令を出していた。

「唇がダメ？　どこまでならいい？」

「ぜ、全部だめです！」

片手を掬（すく）い取られ、指先に口付けられる。ここ最近、何度も何度も感じた柔らかな感触と温もりから、色々と思い出してしまい一気に顔が熱くなっていく。

そんな私を見て、アルヴィン様は口角を上げる。

「ねえニナ、今何を考えたの？」

「な、何も……」

「嘘（うそ）つき。少しはしたくなった？」

「……っ」

軽く指先を噛まれ、逃げ出したくなった時だった。

アルヴィン様の右手の中指の指輪が眩（まばゆ）く輝き、その瞬間、彼の笑顔は真剣な表情へと変わる。

この指輪は以前、ラーラが作った魔道具だという話を聞いたことを思い出す。

『エリカのいる神殿と繋（つな）がっていて、緊急事態の際に光るようになっているらしい。オーウェンやディルクと揃（そろ）いの指輪だなんて、気色が悪いな』

つまりエリカの身に何かが起きたのだと思うと、一瞬にして体温が下がっていく感覚がした。

「ごめんね、ニナ。少し行ってくる」

「私も一緒に——」

「俺達だけで大丈夫だから、ニナはここにいて。ニナが一緒だと、俺は弱くなる」

宥めるようにそう言われ、ぐっと唇を噛む。

私はアルヴィン様達ほど戦闘能力は高くないし、万が一相手があの男だった場合、きっと恐怖でまた使いものにならなくなる。

何より私が側にいればアルヴィン様は庇いながら戦うため、本来の力を出しきれないのは明らかだった。

「分かり、ました」

静かに頷けば、アルヴィン様は「ごめんね」と私の頭を撫で、転移魔法で姿を消した。

胸騒ぎが収まらず、居ても立っても居られなくなった私は、ラーラの部屋へ向かおうとする。

廊下に出てすぐ、テオに出会した。

「あいつらがいない間、俺がお前の護衛だってよ」

「ありがとう。よろしくね」

ディルクは騎士団の仕事で王城を離れており、アルヴィン様とオーウェンが向かったという。

私の護衛としてラーラとテオが側にいてくれることとなり、私達はラーラの部屋へと移動した。

「あいつらなら大丈夫だって、心配すんな」

ラーラが部屋に結界を張っている間、テオが気遣って声をかけてくれる。今の私は相当酷い顔をしているのだろう。

「ごめんね。ここ最近ずっと平和だったから、少しびっくりしちゃって」

「だよな。俺もすげー油断してたわ。ま、すぐ帰ってくるだろうし、茶でも飲んで待ってようぜ」

全く二人の心配をしていない様子のテオに、つられて少しだけ安堵する。

あんなにも強くて力のある魔法使いであるアルヴィン様とオーウェンが、負けるはずがない。

絶対に大丈夫だと自分に言い聞かせ、私は小さく震える両手をきつく握りしめた。

アルヴィン様達がエリカのもとへ行ってから、五時間ほどが経過した。未だに何の連絡もなく、私達はただ黙って待つことしかできずにいる。

「アルヴィン達、遅いわね」

「やばかったら俺らにも助けに来いって連絡来るだろ」

夜も更け始め、テオはふわあと大きな欠伸をすると、ソファの背に体重を預けた。

テオは共に戦ってきた仲間であるアルヴィン様達の強さを信頼しているからこそ、こうしてリラックスした態度でいられるのだろう。

私だってアルヴィン様とオーウェンを信じてはいるけれど、やはり不安は拭いきれずにいた。

「ニナは少し休んだ方がいいわよ。アルヴィン達に何かあった時、治療するのはニナなんだから」

「うん、そうだね。ありがとう」

ラーラの言う通り、私にしかできないこともある。

眠れそうにはないけれど、少しでも体力を温存しようとソファに座ったまま目を閉じた。


それから、どれくらいの時間が経っただろうか。不意に王城内が騒がしくなり、目を開ける。

ラーラが結界を解除しており、テオはぐっと両腕を伸ばしていた。ラーラの肩に乗っている使い魔のドラゴンが、アルヴィン様達の気配を感知したらしい。

「アルヴィン達が戻ってきたみたいね。行きましょう」

心臓が早鐘を打っていくのを感じながら、使い魔の指し示す方へ三人で向かう。やがて辿り着いたのは王城内の医務室で、嫌な予感がしてしまう。

緊張しながら中へと足を踏み入れると、ベッドには横たわる二人の姿があった。

「……っ」

何もかもが、赤かった。

ベッドに横たわるアルヴィン様もオーウェンも出血が酷かったのか、白い服が真っ赤に染まっている。アルヴィン様がこんなにも傷を負っているのは西の塔以来、初めて見た。

二人とも意識はなく、血の気が引いていく。

「回復(ヒール)……！」

私はすぐに駆け寄ると、両手をかざして二人まとめて回復魔法をかける。

その様子から、壮絶な戦闘があったことは明らかだった。相手が、かなりの実力者であることも。

「ニナさん……っ！」

回復魔法をかけ始めてから少しして、医務室へやってきたのは泣きじゃくるエリカだった。彼女が無事で良かったと安堵しながらも、魔法をかけ続ける。

「お二人に助けてもらったのに……ごめんなさい、私じゃ治しきれなくて……」

「ううん、大丈夫だよ。ここは私に任せて、エリカはゆっくり休んでいて」

最近のエリカは邪竜の討伐に向けて、攻撃魔法のみに絞って魔法の練習をしていると聞いている。ゆえに、彼女の回復魔法では治しきれずポーションを与えたのみで、ここへ運ばれてきたようだった。

久しぶりに会った彼女の顔は真っ青で、心配になる。テオにエリカを任せ、詳しい話は後で聞くことにして、私は治療に専念した。

少しでも早く二人の苦しみや痛みがなくなるよう祈りながら、魔力をひたすらに込めていく。

「……いやあ、久しぶりにこんな痛い思いしたな」

しばらくしてオーウェンの瞼(まぶた)がゆっくりと開かれ、そんな声が聞こえてくる。いつもの様子のオーウェンに、思わず力が抜けて床にへたり込みそうになった。

やはりまだ辛いようでオーウェンは身体を動かさず、真紅の瞳だけをこちらに向けている。

「ありがとう、ニナ。お蔭で傷は塞がったみたいだ。血が流れすぎたせいで、クラクラするけど」

「良かった。とにかくまだまだ安静にしていて」

一方、アルヴィン様はまだ意識が戻っておらず、回復魔法をかけ続けたまま、オーウェンの声に耳を傾ける。

「……今回、エリカを襲ったのもあいつだったよ」

あいつ、という三文字だけで、誰のことを言っているのかすぐに理解した。私を一度殺した、あの男だと。

それだけで身体が強張ったものの、オーウェンに心配をかけまいと平静を装う。

「でも、しっかり殺してきたから安心して。……まあ、前回同様、完全に殺せたわけじゃないみたいだけど」

「……どうして、殺せないんだろう」

イベント先でエリカと共に襲われた際も、間違いなくアルヴィン様が首を切り落とし、頭を潰したにもかかわらず、男の「またね」という声が響いたのだ。

再びエリカを狙ったこともあり、あの男を完全に殺さなければ私達に平穏はいつまでも訪れない。

何より、二人にここまで深傷を負わせるくらいの強さを持っている上に、あれほどの残虐さを持つ男を野放しにしておくわけにはいかなかった。

アルヴィン様も回復し次第、あらためて対策を立てる必要がある。

しばらくして、そろそろ傷も全て塞がっただろうかと思いながら、アルヴィン様の真っ赤な服の袖を軽く捲って腕の傷を確認する。

「――えっ？」

そして私は、言葉を失った。

すぐに足や腹部を確認しても結果は同じで、困惑と焦燥感で頭が真っ白になる。

「ど、して……」

何故かアルヴィン様には、回復魔法がほとんど効いていなかったからだ。

「ニナ？　どうかした？」

私の様子がおかしいことに気付いたオーウェンが、ふらつきながらも身体を起こす。

本来なら無理をしないでと言うべきなのに、今の私には余裕なんてなかった。

「アルヴィン様に、回復魔法があまり効いていないの……」

どうしてだろうと尋ねた途端、オーウェンの青白い顔色がさらに悪くなる。まるで心当たりがあるような反応で、胸騒ぎがしてしまう。

けれどオーウェンは「僕にも分からない」と呟くだけで、それ以上は何も言ってくれなかった。

とは言え、全く効果がないわけではないようで、私は必死に回復魔法をかけ続ける。

「お願い、治って……！」

不安で視界がぼやける中、アルヴィン様の身に何が起きているのかと考えているうちに、ふと数カ月前の出来事を思い出す。

「この感覚……どこかで……」

恐ろしく遅い治癒（ちゆ）スピードや、まるで何かが邪魔をしているような感覚には、覚えがある。

『回復魔法をかけたんですが、何故か思うように魔法が効かなくて……』

『なるほど、禁術魔法に手を出したんだろうね』

『……禁術魔法？』

『うん。ニナの魔法が効きにくかったのもそれが理由だと思うな』

魔法塔で急に様子がおかしくなったという男性を治療した際、オーウェンとそんな会話をした。

――禁術魔法というのは禁じられた魔法のことで、強い力を得られる代わりにかなりの危険が伴（ともな）うものだ。

第一王子であり、元々国一番の魔法使いのアルヴィン様が、禁術魔法に手を出すはずがない。彼ならどんなことだって、可能にしてみせるほどの力も立場もあるのだから。

偶然似た状況なだけで、別の原因があるに違いない。そう言い聞かせ、必死に魔力量で嫌な感覚を押し切っていく。それでも。

『禁術を使って命を懸けるほどの願いって、何だったのか気になって』

『ニナにはない？　そんな願いが』

『こうなったらいいなっていう簡単な願いはたくさんありますが、命を懸けるほどのものというのは思いつかないです。アルヴィン様にはあるんですか？』

『俺？　俺はあったよ』

『あった？』

『うん。もう叶ったから』

アルヴィン様との会話が、いつまでも頭から離れることはなかった。

それから二時間後、私はみんなが集まっている広間へとやってきていた。

「ニナ、アルヴィンはもう大丈夫なの？」

「うん。目に見える傷は、なんとか治せたみたい」

魔力と体力がかなり削られたものの、アルヴィン様の傷は治すことができ、安堵した。アルヴィン様はまだ医務室で眠っており、意識はないままだ。

今回はなんとか治しきったけれど、またアルヴィン様が怪我を負った場合、回復魔法があまり効かないとなると不安で仕方ない。目覚めた後、原因を探らなければ。

広間にはラーラ、テオ、急いで帰城したディルク、少し顔色が良くなったオーウェン、エリカの姿がある。

「エリカはもう大丈夫なの？」

「はい。落ち着きました、ありがとうございます」

私はエリカの隣に腰を下ろし、みんなと共に一体何が起きたのかを聞くことにした。

「……神殿でお祈りをしていたら、突然あの男がやってきて襲われたんです。護衛の方々のお蔭で、助けを呼ぶ時間ができて……すぐにアルヴィン様とオーウェンさんが駆けつけてくれました」

エリカがいた地方の神殿までは、かなりの距離があるはず。オーウェンを連れて一瞬で転移したことを考えると、アルヴィン様の魔力量は桁違いだとあらためて実感する。

「それからはずっと、お二人は私を守りながら戦い続けてくれたんです。私の目で見る限り、男の魔力量は前回の倍以上になっていました」

「やっぱり？　アルヴィンも『明らかに前回より力が増してる』って言ってたんだ。間違いなく人間ではないし、一体アレは何なんだろう」

「私も色々と調べ回ったりしてみたけど、全く分からないのよね」

殺しても死なない、魔力量がこの短期間で倍になるなんて、どう考えてもおかしい。

この世界の魔法に関することに誰よりも詳しいオーウェンやラーラが分からない以上、その正体を突き止めるのは困難だろうと思っていた時だった。

「……実は、心当たりがあるんです」

エリカのそんな言葉に、全員が彼女へと視線を向ける。

「私がいた神殿は、五代前の聖女様――ルナ様がいらっしゃった場所なんです。ルナ様は大聖女とも呼ばれていた方ですし、私と同じく特殊な目を持っていたらしくて……ルナ様のようになりたいと思って、修行の場所に選びました」

ルナ様は、第十代聖女だ。強く美しく慈愛に満ち溢れた方で、聖女としての能力も過去に類を見ないほどだったという。

以前の私も彼女の再来だなんて言われており、よく話は耳にしていた。けれど、当時の魔王を討伐して少し後に、突然消えたと聞いている。

それ以上のことは、誰も知らないそうだ。

「実は二日前、神殿を散歩している際、不思議な光が見えて隠し扉を見つけて……そこにはルナ様の日記がありました」

「えっ？」

「人の日記を読むのはよくないとは思いながらも、何か聖魔法についてのヒントはないかと、少しだけ読んでみることにしたんです」

エリカは少し間を置いて、続けた。

「ルナ様は私やニナさんと同じ日本からの転移者で、『まほアド』のプレイヤーでした」

「えっ……？　だって、五代前なら相当昔のはずじゃ……」

私がヒロインとして召喚されたのは『剣と魔法のアドレセンス』の無印──つまり初代で、エリカがヒロインとして召喚されたのが続編だ。

だからこそ、過去の聖女に『まほアド』のプレイヤーがいるはずなんてないと思っていたのに。

「ニナさん、3はプレイしていないんですか？」

「うん。2までしか……」

シリーズ最新作である3は、私が再びこの世界に飛ばされてくる四カ月ほど前に発売されたはず。私はちょうど学業が忙しく、プレイできていなかった。

舞台の年代がこれまでのシリーズとは違うらしく、アルヴィン様やみんなは出ないため、そもそもあまり興味もなかったのだけれど。

「私はこの世界に来る直前にプレイしたんですが、過去の世界に転移するお話なんです」

「えっ？」

「なので、私達の後に転移したとしても、飛ばされる時間軸（じく）は過去なので辻褄（つじつま）は合います」

エリカの言う通り、その理論であれば全ての辻褄が合うし、ルナという名前は日本人でも十分あり得る。驚きを隠せずにいる私に、エリカは続けた。

「そしてルナ様の日記には、あの男の話と思われることが書かれていて……実は3では、バグが発生するって噂（うわさ）があったんです」

「バグってなんだ？」

「ええと、バグっていうのは——……」

テオ達に用語の説明をしながら、エリカの話を聞いていく。

バグが発生していたというのも、私は初めて聞いた。

「おまけ要素の戦闘ミニゲームに、あの男に似たキャラが出てくるんです。三回倒すと願いごとがひとつ叶う報酬アイテムが貰えるというものだったんですが、バグが起きた場合、本編でも出てくるっていう噂があって……私もＳＮＳで噂を見かけただけで、都市伝説扱いだったし信じていなかったんです」

「バグで、本編に……？」

「はい。でも、ルナ様の日記ではあの男らしき人物をバグと呼んでいて、彼を三回殺した末に得た力で元の世界に帰るって、書いてありました」

信じられない話に、私はやはり戸惑いを隠せない。

けれど確かにこの世界は、ゲーム通りではないことも多かった。

イベントの順序が変わったり、今だって私とエリカ、どちらがヒロインなのかこの世界は混乱していて、二人でイベント地に召喚されたりしたこともあったのだ。

何より、私やエリカのステータスもおかしくなっていた。バグがこの世界自体に反映されるようなイレギュラーが起きていたって、不思議ではない。

「でも、どうしてまた現れたんだ？　前の聖女が殺したのならおかしいよな」

「……もしかすると、ヒロインが変わるたびにニューゲーム扱いで新しくなってるのかも」

そもそもがバグである以上、どんなことが起きていても不思議ではない。

私はこの世界が好きだけれど、本当に歪だとも思う。

「その通りなら、あと一回殺せばあいつは今度こそ死ぬのよね？」

「多分、そうだと思います。でもゲームでは毎回強さが上がっていくので、次はきっと今回よりもずっと力をつけてくるかと」

今回ですら、アルヴィン様とオーウェンがこれほどの傷を負ったのだ。

次の戦いについて考えると、不安に押し潰されそうになる。

「でも、何故そのことを誰も知らないの？　これほど大事な話、伝わっていないのがおかしいわ」

「……当時の国王様から、逃げるためだったそうです」

「どういうことだ？」

エリカは悲しげに目を伏せると、静かに説明してくれた。

——ルナ様は元の世界に結婚を誓った恋人がいたこと、ずっと元の世界に戻りたかったこと。

当時の国王から異常な好意を寄せられ、無理やり娶られそうになったこと。そんな中、バグに遭遇した彼女は報酬アイテムに希望を抱き、信頼できる仲間達と共に男を倒したことを。

「表向きには、魔物を退治したことにしたそうです。最後はアイテムを使い、元の世界に戻ったみたいで……きっと仲間の方々も最後まで黙っていたんでしょう」

私のように一度死んでみなければ、元の世界に帰れるかなんて分からないのだ。だからこそ、彼女は必死に元の世界へ帰る方法を探したのだろう。

「この日記はいつか私と同じ能力を持つ聖女に見つけてほしいと、最後に書かれていました」

「……そうだったんだ」

ルナ様が無事に元の世界に戻り、幸せに暮らしていることを祈らずにはいられない。

「エリカ、話してくれてありがとう。きっとルナ様の日記にあったのは、私達を襲った男で間違いないと思う」

「だね。僕もそんな気がするよ」

みんな同じ意見のようで、深く頷いていた。あの男はゲーム通り、ヒロイン——聖女の敵として動いている。だからこそ、必ずまたエリカや私を狙ってくるはず。

「でも、ラッキーだったな。あいつの正体が分かってさ。しかも倒せば願いが叶うすげーアイテムまで貰えるんだろ？　一石二鳥じゃん」

暢気（のんき）な言葉に、心が少し軽くなる。テオの言う通り、あの男を倒すべきことに変わりはない。

「この間は足手まといになっちゃったけど、次は私も力になるから」

「おう。今回はアルヴィンとオーウェンがボコボコにされちまったけど、次は俺達も一緒に戦うしさ。絶対に大丈夫だろ」

「ああ。任せてくれ」

「そうね。私達も舐められたものだわ」

「辛辣だなあ。僕だって今回はこのザマだけど、やる時はやるからね」

みんなの言葉が心強くて、私も怯えてばかりいられないと両手を握りしめる。とにかく今はアルヴィン様とオーウェンの回復を待ちながら、対策をあらためて立てるべきだろう。

そろそろ再びアルヴィン様の様子を見に行こうと思っていると、不意にノック音が響いた。

「失礼いたします。アルヴィン殿下が目を覚まされました」

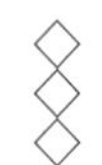

「アルヴィン様、大丈夫ですか？」

「……うん。ごめん」

あれからすぐ、私はアルヴィン様のもとへと向かった。みんな気を利かせてくれたようで、医務室には今二人きりだ。

ベッドに横たわる彼はオーウェン以上に血を流しすぎたせいか、顔色は酷く悪い。

けれど、命に別状はないようで安心する。

「大丈夫だからって言ったのに、かっこ悪いところを見せてしまったね」

「そんなことありません！　無事に帰ってきてくれて、本当に良かったです……」

　ベッドの上に無造作に置かれていたアルヴィン様の冷たい手を、そっと握る。

　──アルヴィン様が出ていった時も、血塗れ(ちまみれ)で帰ってきた時も、回復魔法が効かないと気付いた時も、すごく怖かった。

　アルヴィン様がいなくなってしまうのが、何よりも怖いと思った。

「実は最近、少しだけ体調が悪いんだ。そのうち落ち着くだろうし、もうこんな無様なことにはならないようにするよ。だから、そんな顔をしないで」

　アルヴィン様の体調が悪かったことにも、私は気付いていなかった。

　悔しさを感じていると、アルヴィン様は私が握っていた手をゆっくりと持ち上げ、頬に触れる。

「本当に大丈夫だから」

「……はい」

　小さく頷けば、アルヴィン様はほっとしたように笑ってくれる。

　それからはエリカから聞いた通り、あの男についての話をした。アルヴィン様も納得したようで、必ず再び殺してみせると、ひどく冷たい眼差し(まなざし)で呟いていた。

「でも、体調が悪いって原因は分かっているんですか？」

「うん。大したことじゃないから気にしないで」

「…………」

アルヴィン様はそう言ったけれど、やはり濃い不安がつきまとう。絶対に何か隠しているという、そんな確信があった。

「この怪我もニナが治してくれたんだろう？　オーウェンと合わせるとかなりの魔力を——」

「アルヴィン様」

静かに名前を呼べば、私の様子が普段と違うことに気付いたのか、アルヴィン様は口を噤む。

「体調が悪いことと、回復魔法が効きにくかったことには、関わりがありますか」

「——」

そう尋ねた瞬間、スミレ色の瞳が揺れた。ほんの一瞬だとしても、アルヴィン様が動揺を顔に出すことは滅多にない。予想が確信へ変わってしまう。

アルヴィン様はすぐに、形の良い唇で美しい弧を描いた。

「もちろん関係はないよ。大したことじゃないから、ニナに言う必要はないと思っただけだ。余計な心配をかけたくないから」

「それならどうして、回復魔法が効かないんですか」

「俺にも分からないから、調べておくよ」

誤魔化し、いつも通りの笑みを浮かべるアルヴィン様に苛立ちが募る。どうして本当のことを言ってくれないのだろう。

単に体調が悪いだけで何か病気にかかっているのなら、私だって力になれるはず。それに本当に大したことがないのであれば、ここまで隠す必要だってない。

そしてふと、最近の友人達の言葉を思い出す。

『ねえニナ、アルヴィンをよく見ていてあげてね。とにかく側で見守ってあげて。頼むよ』

『ニナ、アルヴィンを頼む』

きっとオーウェンもディルクも、アルヴィン様の身に何が起きているのか知っているのだ。

二人には話せて、私には言えない理由。心配をかけたくない、というだけでは絶対にない。私にだけ言えない理由は何だろう。

アルヴィン様のことだから、ある程度の想像はつく。私が悲しむから、私が罪悪感を感じるから、私が傷付くから、そんな内容に決まっている。


『……そう。やはり成功していたんだね』

『俺はもう、ニナの知ってる俺じゃないんだ』


『俺？　俺はあったよ』

『もう叶ったから』

『ねえ、ニナ。ニナはもう一度、この世界に来て良かったと思う？』

『それに、俺には責任があるから』

『この世に奇跡なんてないよ』

『俺の世界には、ニナが必要なんだ』

アルヴィン様のこれまでの言葉を思い出すたび、ひとつの答えに繋がっていく。普段は周りから散々鈍感だと言われているのに、こんな時だけ妙に頭が冴えてしまうのが嫌になる。

やがてアルヴィン様の手を両手で包むと、ぎゅっと握りしめた。


「――アルヴィン様は、禁術魔法を使ったんですね」


私の言葉に対して、アルヴィン様は否定も肯定もしない。

ただ、どこか諦(あきら)めたような表情でこちらを見つめるだけ。

「体調が悪いのも、禁術魔法の影響ですか」

魔法塔の一件の後、少しだけ禁術魔法について調べ、強い力の代償として身体に負担がかかり命が削られることがある――ということを知った。

返事の代わりに静かに瞬(まばた)きをするアルヴィン様に、胸の痛みを感じながらも続ける。

「……私をこの世界に呼んでくれたのは、アルヴィン様だったたんですね」

思えば、本当におかしいことばかりだった。エリカという聖女がいる中で、あんなタイミングで私が転移したことも、アルヴィン様の能力が跳ね上がっていたことも。

けれど全て、禁術魔法のせいだとすれば辻褄が合ってしまう。

「アルヴィン様は、本当にどうしようもない人だと思います。いずれこの国を背負って立つ方だというのに、こんな重い罪を犯して、命まで危険に晒して」

「……俺のことが、嫌いになった？」

全ての問いに対して肯定を意味する質問に、静かに首を左右に振った。

アルヴィン様が犯した罪は、到底許されることではない。

それでも、私が彼を責めたり咎めたりなんてこと、できるはずがなかった。

何もかも私のために、してくれたのだから。

「──ニナ？」

「……っ」

目からはぽたぽたと涙が零れ落ちていき、アルヴィン様の口からは戸惑いの声が漏れる。心の中はもうぐちゃぐちゃで、言いたいことはたくさんあるのに、言葉が何ひとつ出てこない。

「お願いだから、泣かないで」

「な、泣いてません」

「ニナは昔から嘘が下手だね。そんなところも好きなんだけど」

アルヴィン様はゆっくりと身体を起こすと、私を抱き寄せた。

温かくて、アルヴィン様が生きているのだと実感し、また視界が滲む。

「アルヴィン様は、バカです。お、大バカです」

「そうだね。オーウェンにも同じことを言われたよ」

「私のために、こんな、こと……」

「俺にとってはニナが全てだから。ニナにもう一度会うためなら、どんなことでもできた。禁術魔法を使えば可能性があると知った時だって、悩みすらしなかった」

きっと私には想像もつかないくらい苦しくて痛くて辛い思いをしているはずなのに、アルヴィン様はなんてことないように笑ってみせる。

私がこの世界にもう一度来たとしても、アルヴィン様を好きになる保証だって、何ひとつなかったというのに。

「俺は、この世界でニナに幸せになってほしい」

あらためて自分がどれほど愛されているのかを思い知り、胸が締めつけられる。

アルヴィン様はいつだって、私のことばかりだ。

「……もしもアルヴィン様が罪に問われたら、私も一緒に罪を償います」

「ありがとう。でも俺は絶対にニナは無関係だって言うよ」

「私が唆したと主張して、一緒の牢に入ります」

「……嬉しいと思ってしまう俺は、本当にどうしようもない男かもしれない」

困ったように微笑むアルヴィン様の手を、祈るように握りしめる。

「絶対に、死なせませんから」

「ありがとう。俺だって、ニナを置いて早々に死ぬ気はないよ」

「おじいさんになって、私の後に死ぬくらいの気持ちでいてください」

「プロポーズみたいだね」

冗談まじりに笑うアルヴィン様に対して深く頷いてみせると、アメジストの瞳が見開かれる。

「私は、そのつもりです」

「――――」

本気だという気持ちを込めて、真剣な表情のアルヴィン様を見つめる。

アルヴィン様はやがて私の肩に顔を埋めると、縋りつくように私の身体に腕を回した。

「……今、もう死んでもいいと思った」

「私の話を聞いてました？」

「うん。俺の人生で、間違いなく今が一番幸せだ」

その声は少しだけ震えていて、私もアルヴィン様をきつく抱きしめ返す。

「同じことを十年先も五十年先も言ってください」

「…………」

「それが私の幸せです」

「……ニナは本当にずるいね。それなら、叶えるしかないじゃないか」

アルヴィン様は顔を上げると、私の額に自身の額をこつんと当てた。

少し伸びたアルヴィン様の前髪が、少しだけくすぐったい。

「ニナは一生、俺と一緒にいたいと思ってくれてるの？」

「はい。心から」

「……ありがとう、ニナ。生まれてきて良かったって、初めて思った」

そんなことを嬉しそうに話すアルヴィン様を、幸せにしたい。

同時に絶対に死なせない、彼の身体を蝕む禁術魔法を絶対に消してみせると、固く誓った。

「俺は、自分の行動を一度も悔やんだことはないよ。この先も絶対にない」

本当にアルヴィン様は、どうしようもない人だと思う。私のために何もかもを捨てるような決断だって、簡単にしてしまうのだから。

けれどそんなアルヴィン様が、愛おしくて仕方ないと思ってしまう私も、きっと救いようがないくらい愚かなのだろう。

男の襲撃から、ひと月が経った。

オーウェンとアルヴィン様の体調も無事に回復し、三度目の戦いに向けてエリカも王城で再び生活する日々を送っている。

あれからも男について調べたものの、ルナ様の日記以外の情報は得られなかった。

私達以外にもこれまで聖女はいたけれど、ルナ様以外のもとにあの男は現れていないようだった。

『まほアドシリーズのヒロイン』として転移してきた聖女の前にしか、現れないのかもしれない。

男がどこに潜んでいるのかなど、全く足取りは摑めないまま。けれど必ず、もう一度エリカを狙ってくるはず。きっと、そういう風に作られているのだ。

『あの男を三回倒せば、聖女が元の世界に帰れるほどの願いを叶えられるアイテムが貰えるんだろう？　それさえあれば、アルヴィンを救えるんじゃないかな』

『確かに、その可能性はありそう』

『ああ。できることは全てやろう』

オーウェンとディルクと三人で集まった際には、そんな話になった。禁術魔法の代償を回避する方法についても、いくら調べても分からなかったため、今はそれに賭けるしかなさそうだ。

とにかく今の私達にできるのは、いつでも万全の状態で男を迎え撃つことのみ。

そう、思っていたのに。

「ほ、本当に、いい加減にしてほしいんだけど……」

「ほらニナ、口を動かす前に手を動かした方がいいぞ」

「おっしゃる通りで……浄化（ピュリフィケーション）」

私は本日何度目か分からない浄化魔法を展開すると、目の前の熊の魔物を倒した。けれどそのすぐ後ろからまた、別の魔物の姿が見え、溜め息を吐きながら両手をかざす。

私のすぐ側でテオは複数の矢を同時に放ち、一気に三体の魔物を倒してみせた。

──私達は今、『まほアド2』のイベントである「北の森での魔物の大量発生」の最中にいる。

大量発生後、すぐに王城に知らせが届き、いつものメンバーはもちろん、騎士団と協力し、正気かと製作側に突っ込みたくなるほどの数の魔物を討伐し続けていた。

お蔭で万全の状態で男を待ち受けるどころか、心身共に追い込まれている。

今あの男が現れないことを祈るばかりだ。

「ニナ、怪我はない？」

「はい。魔力も問題はないんですが、ただただ疲れます」

「そうだね。ニナ達から話は聞いていたけど、この量は流石にどうかしてるな」

「私も心からそう思います」

魔物を倒しつつ私の側へやってきたアルヴィン様は「無理はしないで」と言うと、高ランクの魔物が多い方へと戻っていく。

私はテオと共に低ランクの魔物が多い場所を担当している。もちろんアルヴィン様の言いつけで、ひたすら数をこなすだけの仕事だ。

お蔭で怪我ひとつないものの、緊張感もない。

「ほんっとつまんねえな、この辺り。俺、ディルクと代わってもらおっかな」

文句を言いながら、テオは美しい射形(しゃけい)で矢を放ち続ける。

黙っていれば格好いいのにと思いながら広範囲に魔法を展開し、蛇(へび)の魔物を一掃した。

「聖なる矢(ホーリー・アロー)！」

そんな中、少し離れた場所からはエリカの声と共に魔物の悲鳴が聞こえてくる。低ランクとは言え、一気に数体の魔物を倒せたようだ。

「あいつ、すげー成長したよな」

「うん。別人みたい」

初めて出会った頃からは想像もつかないくらい、エリカは聖女として成長していた。

私だけでなくアルヴィン様まで、珍しく驚いた様子を見せていたくらいだ。血の滲むような努力を重ねてきたに違いない。

そしてエリカはやはり、魔力の量が圧倒的に多いようだった。私よりも遥(はる)かに上だろう。

だからこそ、膨大な魔力量を制御できず、これまで魔法を上手(うま)く使えなかったのかもしれない。

いつか完璧に使いこなせる日が来たら、私よりもすごい聖女になると確信していた。それをエリカに話したところ「絶対にあり得ない」と全力で否定していたけれど。

「魔力を無駄に垂れ流しすぎよ、もっと均等に」

「はいっ！」

エリカの側には、ラーラの姿がある。エリカの目覚ましい成長を彼女も無視できなかったようで、最近はこうして魔法の指導をすることも少なくない。

二人の様子に胸が温かくなりつつ、自身の聖魔法でじゅわっと目の前で溶けていく魔物のグロテスクさに泣きたくなる。これればかりはいつになっても慣れない。

「あっちの神殿で頑張りすぎて、何度か気絶したくらいらしいぜ」

「えっ、そうなの？」

「ああ。あいつも焦ってるみたいだ」

「……そっか」

無理をしなくていい、頑張りすぎなくていいと声をかけてあげたいものの、『まほアド2』のラスボスである邪竜が現れる時期は、刻々と近づいている。

けれどエリカの今の様子を見ていると、心配はなさそうだった。邪竜は最終的に聖魔法で倒す必要があるものの、みんなでギリギリまで体力を削ることはできるのだから。

やがて視界には生きている魔物の姿はなくなり、息を吐く。

「よし、この辺りは大方片付いたかな」

「みたいだな。アルヴィン達も余裕だろうし、俺らは魔核でも拾ってようぜ」

「そうだね」

魔物のエネルギー源である魔核はお金になるため、低ランクでもしっかり拾っておく。そうしているうちにエリカがやってきて、私の腕にぎゅっと抱きついた。

「ニナさん、お疲れ様です！」

「お疲れ様。エリカ、すごかったね」

「ありがとうございます！　ニナさんにそう言っていただけて嬉しいです」

太陽みたいな眩しさで、エリカは嬉しそうに笑う。私が想像している以上に、いつも笑顔の彼女はプレッシャーの中、必死に努力をしてきたのだろう。

「でも、これでノーマルイベントは終わりだね。無事に終えられそうで良かった」

「はい！　後は邪竜さえ討伐すれば、すっきりです」

ヒロインの誘拐など、『まほアド2』でのノーマルイベントはこれで全て終わりだ。

後はバグを倒して邪竜を討伐すれば、エリカは心置きなくエンディングを迎えられるはず。

「全部終わったら、あらためて告白しようと思っていて……ってフラグみたいですね、ふふ」

この状況下で笑いにくい冗談を言うエリカは料理人の想い人とは順調らしく、ほっとする。

攻略対象の誰とも恋に落ちず、無事にラーラとも親しくなった彼女は、私と同じく友情大団円エンドを迎えるのだろう。

「ニナさんとアルヴィン様も、順調そうですね」

「い、一応、そうなのかな……」

私が逆プロポーズして以来、アルヴィン様は常にご機嫌だった。背景にぽんぽんと咲き乱れる花が見えそうなくらいだ。

「あっでも、まだデートはできていないんですか？」

「うん、あれから色々あったから」

デートの約束をしていたものの、男の襲撃もあり、タイミングを逃してしまっていた。

「まだ、絶対に遅くないですよ！　今の私達にできることは、とにかくいつも通りに過ごしながら心身共に良い状態に整えることだって、オーウェンさんも言っていましたから！　デートくらい、したっていいと思います！」

両手をぐっと握りしめ、エリカはやけに熱のこもった様子で語りかけてくる。彼女は心から私とアルヴィン様の仲を応援してくれているようで、照れ臭くなってしまう。

けれどエリカの言う通り、王城にこもっていても魔力が増えるわけでも強くなれるわけでもない。特にステータスがカンストしている私に限っては、これ以上の成長はないのだ。

「それにアルヴィン様は働きすぎで心配だって、ディルクさんも言っていました」

アルヴィン様は国随一の魔法使いとして活躍する一方、第一王子――次期国王としての国務もこなしており、常に多忙だった。丸一日休んでいるところなんて、見たことがないくらいだ。

私も休んでくださいと声をかけているものの、「大丈夫だよ」と笑顔を返されて終わってしまう。

「でも、ニナさんからデートをしようって誘えば、絶対にお休みを作ると思うんです」

「た、確かに」

自分で言うのも何だけれど、アルヴィン様が私の誘いを断るとは思えない。

彼を休ませるためには、最も有効な手かもしれない。

「何よりデートって、街中にお出掛けをするだけじゃないですから。二人でお家にこもってゆっくりするのも立派なデートだって、友達が言ってました！　お家デートです」

「お家デート……」

私自身、もっとゆっくりアルヴィン様と一緒に過ごせたらいいのにと思うことは多々あった。

「二人で家の中で穏やかに過ごすことで――」

「料理を一緒にすると、お互いに――」

「そもそもお家デートは二人の関係を深めるのに有効だと言われていて――」

それからも魔核を拾い集めている間、エリカの熱弁を聞かされ続け、結局私からアルヴィン様をお家デートに誘う約束をしてしまったのだった。

その日の晩、長時間にわたる魔物討伐でくたくたに疲れ果て、早めに眠る支度をしてシェリルと共にベッドに飛び込んだところで、アルヴィン様がやってきた。

「ごめんね、疲れてるところに。全然ニナと話せなかったから、五分だけ話がしたいなって」

今日はみんなで朝食を食べている最中、魔物の大量発生を知らされたのだ。

対応が遅れては近くの町にまで影響が出てしまう可能性もあったため、食事もそこそこに私達はアルヴィン様の転移魔法ですぐに移動し、そのまま夕方まで働き続けた。

そしてお互い別の場所を担当していたことで、会話もほとんどなかった。

「もちろんです。お茶は――」

「ううん、ありがとう。そのままでいいよ」

「……あ」

そう言われて初めて、私はベッドの上に大の字で転がっていたことに気付く。最近はアルヴィン様に対して気を張らなくなったとは言え、流石に女子力が低すぎると反省し、飛び起きた。

「すみません、はしたない姿をお見せして……」

「気にしないで。俺はどんなニナも好きだし、嫌いになることはないから」

「本当ですか？　私がすっごく太ったりしても？」

冗談まじりにそう尋ねれば、アルヴィン様は表情ひとつ変えずに頷く。

「うん。俺は今のニナの見た目も好きだけど、好きになったのはニナ自身であって、どんな姿になろうと好きでいる自信があるよ。顔がぐちゃぐちゃになったとしても好きだ」

「あ、ありがとうございます……」

たとえが恐ろしすぎたものの、アルヴィン様は私がどんな姿でもどんな状態でも好きでいてくれるというのは、ひしひしと伝わってきた。


それからも他愛のない話をしていたところ、私はふとエリカとの約束を思い出していた。

今日はもうアルヴィン様と話す機会がないと思っていたため、明日誘うつもりだった。けれど、善は急げと言うし今誘ってしまうことにする。

「アルヴィン様、あの……」

「何かな？」

「ええと、ですね」

ただ家でデートしようと言うだけなのに、ものすごく恥ずかしい。普段「好き」と言うよりも、遥かに恥ずかしい。無性に恥ずかしい。

なかなか言い出せない私を見て、アルヴィン様は形の良い眉を寄せる。

「どうしたの？　ニナ」

「その……」

「俺に文句があるなら何でも言って。すぐに全て直すから。ニナの理想の男になれるように努力するよ。最近少し髪を切ったのが悪かった？　すぐに薬でどうにか——」

「落ち着いてください」

話が突飛な方向へ飛んでいきすぎている。そもそも自然すぎて、アルヴィン様が髪を切ったことにも私は気付いていなかった。美容師は間違いなく相当な腕だから、絶対に責めないでほしい。

このままではアルヴィン様が暴走すると思った私は、緊張なんて吹っ飛ばして口を開く。

「アルヴィン様がお忙しいことは分かっているんですが、一日だけ私にくれませんか」

「もちろん、ニナのためならいつでも時間を作るよ。何か用事が？」

予想通り快諾してくれてほっとしつつ、私は続けた。

「お家デートをしたいんです！　アルヴィン様と」

「……え」

エリカと共に考えたのは、王城の裏の森の屋敷にて、二人きりで丸一日過ごすというものだ。

実は私達は毎日顔を合わせているものの、二人きりで長時間過ごすことはほとんどない。

一緒に食事を作って食べたり、散歩をしたり。そんな恋人としては当たり前のようなことを、一日かけてアルヴィン様とゆっくりしてみたいと思っていた。

「……アルヴィン様？」

アルヴィン様は口元を手で押さえ、俯いたまま何も言葉を発しない。どうしたんだろうと思い顔を覗き込めば、その顔はほんのりと赤い。

「ごめん、嬉しくて言葉が出てこなかったんだ。未だにニナからの好意を感じると、夢みたいで戸惑ってしまって」

「もう、いい加減に慣れてください」

先日は逆プロポーズのようなことまでしたというのに、アルヴィン様は相変わらずで、思わず笑みがこぼれてしまう。

「いつがいい？　すぐにでもなんとかするよ」

「私も少し準備があるので、週末はどうですか？」

「分かった。一日空けておくよ」

「ありがとうございます！　当日アルヴィン様は身一つで来てくださいね」

「うん、楽しみにしてる」

アルヴィン様が無邪気に嬉しそうな顔をするものだから、絶対に楽しいと思ってもらえるような一日にしたいと心から思う。

そうして私達は、初めてのデートをすることとなった。

あっという間に迎えた当日、私達は今、お揃いのエプロンをして厨房に立っている。ちなみにシエルは今日ディルクと過ごしており、朝からぶんぶんと尻尾を振ってご機嫌だった。

「料理なんて初めてで、少し緊張するな」

「その割にプロみたいな手つきで、私の立場がなくなりそうです」

朝から二人でのんびりお茶をしたり森の中を散歩したりと、穏やかな時間を過ごした。ここまでは普段と変わらないけれど、今はアルヴィン様を誘って料理をしてみている。

エリカの「料理などの共同作業は仲が深まる」というアドバイスを参考にした結果だ。

「刃物全般の扱いには自信があるんだ。それに長剣より短剣の方が得意だし」

「そうなんですか?」

「うん。短剣同士の接近戦なら、ディルクに勝てる自信があるくらいには」

普段と違うことをしていると会話の内容にも変化があり、初めて知ることが多く、とても楽しい。そもそも器用すぎるアルヴィン様が、一度も途切れることなくするすると野菜の皮を剝いていくのを見ているだけでも楽しいから困る。

「……料理って、こんなにも手間がかかるんだね。時折シェフに感謝を伝えないと」

「ふふ、皆さん喜ぶと思います」

「明日から食事のたびに、色々と考えてしまいそうだ」

アルヴィン様は器用に鍋を片手で振りながら色々と考え込んでいて、なんだかかわいい。

「ニナはすごいね。俺の知らないことをたくさん知ってる」

「私だって同じ気持ちですよ。生まれた世界も身分も違うんですから、当然です」

そんな私達が出会って恋に落ちるなんて、きっと奇跡みたいな確率なのだろう。

これから先、お互いの価値観の違いから、喧嘩だってする日が来るかもしれない。

けれどアルヴィン様となら、絶対に上手くやっていける気がした。


その後は、一緒に作った料理をアルヴィン様は何度も何度も「美味しい」と言って嬉しそうに食べていて、心が温かくなった。

次は何を作ろうかと当たり前に未来の話をできるのが、何よりも嬉しい。

「食器は俺が洗うよ。ニナは休んでて」

「アルヴィン様に食器を洗わせたなんてバレたら、側近の方に怒られそうです」

「ここには俺達しかいないから大丈夫」

結局お言葉に甘え、広間の、厨房が見える位置のソファに腰を下ろす。

「ふふ」

王子様であるアルヴィン様が皿洗いをしている姿なんて、世界中で私しか見られないだろう。

こうしていると本当に平和で、まるで普通の恋人同士みたいで。あの男のことなんかも全て、悪い夢のように思えてくる。

「ニナ」

「あ、もう終わ――っ」

ぼんやり考えごとをしているうちにアルヴィン様は皿洗いを終えたようで、名前を呼ばれて顔を上げる。同時に唇を塞がれ、一瞬にして顔が熱くなった。

「頑張ったから、ご褒美を貰おうと思って」

「……もう」

「ニナのお蔭で、どんなことだってできそうだ」

アルヴィン様は悪戯っぽく笑うと、私の隣に腰を下ろした。

午後になり、天気の良い今日は日差しもぽかぽかとしていて、とても暖かくて心地いい。

「次は何をするの？」

デートは全て私主導のため、アルヴィン様は軽く首を傾げてそう尋ねてくる。

実は次の予定こそ、今日の目玉だった。

「次はこれから、一緒に昼寝をしてもらいます」

「……本当に、今から寝るの？」

「はい。思いっきりお昼寝しましょう」

一応用意されていたものの、これまで全く使わずにいた寝室のキングサイズのベッドの上で、私達は現在向かい合って寝転がっている。

アルヴィン様は少しだけ戸惑った様子で、じっと私の顔を見つめていた。

――そう、今日はひたすらアルヴィン様に身体を休めてもらうのが目的なのだ。

デートとしてはどうかと思うものの、お昼ご飯をお腹いっぱいに食べてすぐに寝るなんて、最高に休日という感じがする。

休みの日、好きな時間に寝て起きることに幸せを感じていたことを思い出す。

けれどアルヴィン様は何故か、戸惑った様子だった。

「昼寝をしたことがないんだ」

「えっ？　今まで一度もないんですか？」

私の問いに、アルヴィン様は頷く。

次期国王として、物心ついた頃から一日中決められたスケジュールで過ごしていたという。そのため、昼間に寝るなんて発想すらなかったと話すアルヴィン様に、私は胸が締めつけられていた。

同時に、意地でも寝てもらおうと燃えてくる。

「この時間に寝ると、すごく気持ちいいんですよ。私がアルヴィン様を寝かしつけてみせます」

私は身体を起こすと、アルヴィン様の近くへと寄り、片手で寝転んでいるアルヴィン様の背中をとんとんとゆっくり叩いてみる。

するとアルヴィン様は、不思議そうに私を見上げた。

「昼寝をする時には、これが普通なんだ？」

「ええと、大人にはしないかもしれませんが、他に寝かしつける方法が分からなくて……」

「そうなんだ。誰かに寝かしつけられたこともないから、よく分からなくて」

アルヴィン様は何気なくそう言ったけれど、とても寂しくて悲しいことだと、また胸が痛んだ。

私も母が生きていた幼少期はいつも、温もりに包まれて眠っていたのを思い出す。私はそれが大好きで、少しでもアルヴィン様にもそう思ってもらえたらと、あらためて気合を入れ直した。

「子守唄も歌っていいですか？」

「うん。聞きたいな」

それから私は、有名な子守唄をいくつか歌った。言葉の意味が分からないとは思いつつ、きっと赤ちゃんだって分からないはずだし、こういうのは雰囲気が大切なはず。

実は元々、歌はよく褒められていたし、少しだけ自信があった。

「ニナは歌が上手だね。俺は苦手だから羨ましいよ」

「ふふ、聞いてみたいです」

アルヴィン様が歌が下手なんて、ギャップがありすぎる。

格好悪いから意地でも私の前では歌わない、なんて言う姿が可愛くて、笑みがこぼれた。

「眠れそうですか？」

「どうだろう。でも、とても幸せな気分だ」

長い金色の睫毛を伏せたまま、アルヴィン様は呟く。

いつもよりも幼く見えて思わず頭を撫でれば、私の手にすり寄ってきてくれる。

こんなアルヴィン様を見られるのは世界中で私だけだと思うと、また嬉しくなった。

「何か他にしてほしいことはありますか？」

「……手を、繋いでくれる？」

「はい、もちろんです」

もう片方の手でアルヴィン様の手を握れば、ぎゅっと握り返される。

それから十分ほどして、アルヴィン様からは規則正しい寝息が聞こえ始めた。その寝顔はとても穏やかなもので、ほっと胸を撫で下ろす。

「……かわいい」

これまで何度か一緒に眠ったことはあったけれど、いつも私が先に寝落ちしてしまっていたため、アルヴィン様が眠る姿というのはほとんど見たことがなかった。

普段は誰よりも凛々しいものの、今はあどけなさも感じられる。

そっと頬に触れれば、口元が少しだけ綻んだ。

「アルヴィン様、大好きです」

ずっと一緒にいたいという気持ちを込めて、そう呟く。

手を繋いだまま私も再び横になると、幸せな気持ちで目を閉じた。

「……ニナ？」

「はい。目が覚めましたか？」

六時間後——既に日が落ち、部屋の中も薄暗くなった頃、アルヴィン様は目を覚ました。

私も眠っていたものの二時間ほど前に目が覚めており、先ほど寝室へと戻ってきたところだ。アルヴィン様は身体を起こすと、既に星が見え始めた窓の外へと視線を向け、驚いた様子を見せる。

「俺、ずっと寝ていたのか……」

「気持ちよさそうに眠っていましたよ」

よほど疲れていたのだろう。私が部屋の出入りを何度もしても、目覚める様子はなかった。

「ごめん、こんなに眠るつもりじゃ——」

焦ったように謝罪の言葉を口にしたアルヴィン様の口元に、人差し指を当てる。

「今日はいつもお忙しいアルヴィン様に、ゆっくり休んでもらいたかったんです。だから作戦は大成功ですし、謝ったりなんてしないでください。私も一緒にお昼寝しましたし」

「……ありがとう。お蔭でとても身体が軽いよ」

眉尻を下げて微笑んだアルヴィン様に、笑顔を返す。

「こんなにぐっすり眠ったのも久しぶりかもしれない。今ならどんなこともできそうだ」

効果は抜群だったようで、今後もこうした機会を作っていこうと誓う。

「夜ご飯も作ったので、食べられそうだったらぜひ」

「いただくよ」

お礼を言われ、二人で食堂へと移動する。昼寝から起きた後に、二人分作っておいたのだ。アルヴィン様はやっぱり何度も「世界一美味しい」と褒めてくれて、浮かれてしまった。


それからは二人で後片付けをして、私は変身魔法をかけるとアルヴィン様と手を繋ぎ、外へ出た。

心地よい夜風に当たりながら、どちらからともなく少しだけ遠回りをして、王城へと向かう。森の中は静かで、草木の囁(ささや)くような葉音だけが聞こえてくる。

まるで世界に二人だけになったみたいだと思いながら、隣を歩くアルヴィン様を見上げた。

「今日はゆっくりできましたか？」

「うん。仕事のことを考えないなんて、久々だったよ」

「アルヴィン様は頑張りすぎですから。これからはもっと、そんな時間を作りましょう」

「ありがとう。ニナと過ごす時間が心地よすぎて、いつか働けなくなりそうだ」

「ふふ」

もうすぐ王城の裏口に到着するというところで不意に名前を呼ばれ、再び顔を上げる。

すると次の瞬間には、視界がアルヴィン様でいっぱいになっていた。

「今日は本当にありがとう。ニナが好きだって、思い知らされた一日だった」

唇が離れた後、耳元でそう囁かれ、心臓が大きく跳ねる。

「わ、私もとても楽しかったですし、アルヴィン様が好きです」

「それは良かった。もう一回だけキスしてもいい？」

「……一回だけなら」

これから先もずっと、アルヴィン様と穏やかで幸せな時間を重ねていきたいと、心から思った。

第四章　最終決戦

「嫌な天気ですね。私、雷が苦手なんです」

「実は私もあまり得意じゃないんだ。音楽でも流そっか」

今日は朝から空は暗い雲で覆(おお)われ、土砂(どしゃ)降りの雨が窓を叩きつけている。時折、雷の音がして、私の部屋でお茶を飲んでいたエリカはびくりと肩を震わせていた。

「でも、お家(うち)デートが上手(うま)くいって良かったですね。アルヴィン様、すごくご機嫌ですし」

「うん。エリカも色々協力してくれてありがとう」

「いえ！　ニナさんにはたくさんお世話になっていますから」

一昨日の報告をしながらエリカの作ってくれたお菓子を食べ、午後のゆったりとした時間を楽しんでいた時だった。

「――――」

不意に悪寒が全身に走り、顔を上げる。斜(はす)向かいに座るエリカの腕を引き寄せるのと同時に、ほぼ反射的に防御魔法を展開した。

「く……っ」

「きゃあああ！」

一秒も経たないうちに窓ガラスは割れ、私の部屋の防御魔法の範囲外は半壊していた。シェリルをディルクに預けていて良かったと安堵したのも束の間、聞き覚えのある楽しげな声が響く。

何が起きているのか、瞬時に理解した。

「やあ、久しぶり」

窓枠だけ残った先のバルコニーの手すりに浅く腰掛けていた男は、血色の悪い唇で弧を描く。風で漆黒の髪が揺れ、嘲笑うかのように深い闇に似た目を細めた。

『どうして私達を殺そうと、するの』

『僕がそういう風にできているからだよ』

予想通り、再び私達の命を狙いに来たのだろう。けれど前回からまだひと月ほどしか空いておらず、こんなに早くやってくるとは思っていなかった。

敵襲の知らせがなかったことで、この部屋に辿り着くまで、見張り達は音もなく殺してきたことが窺える。今の音でようやく、城全体に伝わったに違いない。

私達だけでは倒せるはずがなく、少しでも時間を稼ごうと息を呑む。

「よいしょっと」

手すりからひょいと降りて、ゆっくりとこちらへ近づいてくる。

男の声を聞き、顔を見ただけで手足が震えた。それでも、あれからこの時を何度も想定して準備してきたのだ。エリカを片手で抱きしめたまま、防御魔法に注力する。

「僕さあ、こう見えて負けず嫌いなんだ。だからきみ達を殺す前に、あいつらを殺そうと思ってわざわざここに来てあげたんだよ」

あいつらというのは、間違いなくアルヴィン様とオーウェンのことだ。なぜ王城にまでわざわざ乗り込んできたのか、納得がいった。

私達を全員まとめて殺すためだ。

三度目は、一度目二度目よりもさらに強さが増すと聞いている。男からすれば敵の本拠地である王城に乗り込んでくるほど、自分の力に絶対的な自信があるのだろう。

「特にあの金髪は絶対に許せないなあ。僕のことを二度も殺したんだから」

笑顔ではあるものの、その顔にはアルヴィン様への怒りがはっきりと浮かんでいる。

頬（ほお）を切り裂くような傷が、青白い顔の中で浮いていた。

「――ニナ！」

すぐに騒ぎを聞きつけたアルヴィン様とテオがやってきて、男と私達の間に立つ。アルヴィン様は剣の切っ先をまっすぐに男へ向け、テオは弓を構えている。

「遅くなってすまない」

「はい、私もエリカも無事です」

男から視線を逸らさずにいるアルヴィン様に対し、背中越しに答える。そんな私達の様子を見て、男は可笑しそうに笑う。

「かーっこいいねえ。本当に絵に描いたような王子様だ。お姫様の前で、ぐちゃぐちゃにして惨めにしてあげないと」

そう言い終えた瞬間、視界から男が消える。気が付いた時には、男はアルヴィン様と剣を交えていた。激しい火花が散り、重い連撃が繰り出されていく。

男の手にあるのは剣というにはあまりにも歪な黒いもやの塊のようなもので、男が振り切った際に触れた壁はどろりと溶けていた。

「さすが、いい剣使ってるねえ」

「…………」

アルヴィン様は冷静なまま男の言葉には一切反応せず、亀裂の入った床を蹴り、剣を振るう。

一方、テオは全身に怒りを滲ませていた。アルヴィン様と交戦する男だけを正確に射続けており、防ぎきれなかった矢は深く突き刺さり、その身体からは赤黒い血が噴き出している。

前回同様、男には痛覚というものがないのか、怯む様子はない。

「絶対お前のこと許さねえからな！」

「ははっ、許してなんて頼んだっけ？」

私があの男に殺されたと知った時、泣いてくれた友人想いのテオは心の底から怒ってくれている。

男はそんな様子を見て、けらけらと笑っていた。

やがて大破したドアから、ディルクとオーウェン、ラーラも駆け込んできた。オーウェンは私達のもとへとやってきてくれ、他の二人はすぐにアルヴィン様達に加勢する。

「こんな場所までわざわざ来てくれたなんてねえ」

「相当な自信があるようだ」

とは言え、こういった状況ももちろん想定し、備えていたのだ。今頃、王城内の人々も指示通りに動いているに違いない。

「……あれは流石に、厳しそうだ」

オーウェンも一目見て、男の今回の強さを悟ったのだろう。普段の冗談まじりの口調であっても、表情は明らかに強張っていた。

四対一でも、男に分があるように見える。間違いなく男はまだ本気を出していないし、この先、苦しい戦いになるのは間違いないだろう。

「大丈夫？　ひとまずこの場所から、二人とも——」

「エリカだけをお願い」

「えっ？」

「私はここで、みんなのサポートをする」

本当は、このまま逃げ出したかったし、その手筈だった。あの男と同じ空間にいるだけで、喉が締めつけられて上手く息ができない。手が震えて、視界が滲む。

それでも私は自分にできることがある、私にしかできないことがあるのを知っていた。

「わ、私も、戦います」

エリカもきつく手のひらを握りしめ、真剣な表情を浮かべている。オーウェンはしばらく何かを言いたげな様子だったものの、やがて肩を竦（すく）めた。

「……仕方ない、後で一緒にアルヴィンに怒られてあげるよ」

「ありがとう」

何度か深呼吸をすると、私は両手をみんなへと向け、さらに魔法を重ねがけした。

「全体回復（レストレーション）」

「聖障壁（ホーリー・シールド）」

この場にいるみんなの身体が眩（まばゆ）い光に包まれ、怪我（けが）は一瞬にして治っていく。

「能力上昇（オーバー・オール）」

私の隣では、エリカが強化魔法を展開した。初めて会った時にも、浄化魔法と間違えて強化魔法をかけてしまっていたエリカにとって、実は一番の得意魔法だった。

身体強化や魔法効果の上昇、そして防御力を上げたことで、戦いやすくなるはず。

けれどやはりアルヴィン様には効きにくいようで、魔力で押し切っている。後から怒られるだろうと思いながらも、必死に魔力を注ぐ。

四人同時に複数魔法をかけるのは、流石に体力と魔力をかなり消費してしまう。

肩で汗を拭い、両足で床を踏み締めた。

「うわ、ずるいなあ。やっぱり聖女は先に殺しておくべきだった」

「黙れ」

アルヴィン様はそう呟くと、男の喉元目掛けて一撃を放つ。

すんでのところで躱した男はアルヴィン様の肩へ切り込む。アルヴィン様も瞬時に躱したものの、漆黒の剣の切っ先が触れただけで、皮膚や肉が溶けていく。

「……っ」

すぐに私はアルヴィン様に回復魔法をかけた。時間は少しかかってしまったものの、傷は元通りになり内心胸を撫で下ろす。

男の動きは、とうに人間の限界を超えていた。それについていくアルヴィン様やみんなが奇跡のようなもので、この状況が長引けば、こちらの体力や魔力が消費していく一方だ。

息つく暇もない戦いが続く。

いくら男に傷を負わせても致命傷にはならず、このままでは埒が明かない。

怪我をするたびになんとか治し、誰も深傷を負っていないものの、私もみんなも限界が近づいてきているのが分かる。

状況を変えるには、戦いを決定づける一撃が必要だろう。誰もがそれに気付いていながらも、目の前の攻防に集中せざるを得なかった。

目の前の男から視線を外せば、誰かが死ぬのだから。

そんな中、アルヴィン様が口を開いた。

「一分でいい、全力であれの足止めをしてくれ。俺がとどめを刺す」

「……何よ急に、死ぬ気じゃないでしょうね？」

「まさか」

アルヴィン様は笑ったけれど、ラーラ同様、嫌な予感がしてならない。

「正直もうすげー疲れたけど、足止めくらいならいけるぜ。お前は大丈夫なのか？」

「ああ。絶対に大丈夫だ」

「……っ」

確信めいた表情で頷くアルヴィン様がこれから何をしようとしているのか、私には分かってしまった。

——自らを犠牲にして、禁術魔法で手に入れた力を使うつもりなのだ。禁術魔法で得た力を使えば使うほど身体は蝕まれ、命が削られていくと彼は知っているはずなのに。

「アルヴィン、待て」

事情を知るオーウェンもディルクも、察したに違いない。

既に心は決まっているようで、アルヴィン様は首を左右に振った。

「このままだと全員死ぬことくらい、分かるだろう」

「だからって、アルヴィン様が犠牲になっていいわけじゃありません！」

少し離れた場所にいた私は自身の防御魔法を解き、アルヴィン様のもとへと駆け寄る。

たとえバグを倒して報酬アイテムを得られたとしても、その時点でアルヴィン様が命を落としていたら間に合わない。

何かまだ他に方法があるはずだと訴えても、聞く耳を持ってはくれない。

「ニナが死ぬよりはいい」

はっきり口にしたアルヴィン様は、私の頰にそっと触れた。

「それに俺だって死ぬつもりはないよ。仲間の力を信じているから」

その瞬間、テオの手元が狂い、放たれた矢がオーウェンの毛先を掠めた。

それでもテオが謝罪の言葉を、オーウェンが責めるような言葉を紡ぐこともない。アルヴィン様の口から「信じる」という言葉が発されたことに、誰もが驚きを隠せないようだった。

「こんな時にそんなセリフは、流石にずるいな」

「……ああ。必ずやり遂げてみせる」

「それ以上言うとテオが泣くから、続きは後にしなさいよ」

「うるせえ！　俺は泣いたりなんて、しねえ、からな！」

先ほどまでの重い空気が嘘みたいに、いつも通りの安心感が広がっていく。

「なになに？　何をするつもり？」

一方、男は楽しげな声で両手を叩き、わくわくしたようにこちらの出方を待っている。

何をされても問題ない、という傲慢さが透けて見えた。アルヴィン様の覚悟を、この男だけが理解していない。

その油断を、アルヴィン様が見逃すはずがなかった。

「行くぞ」

ディルクの声に合わせて全員が同時に魔法を展開し、攻撃を放つ。私達もそれに合わせて、ありったけの魔力を込めていく。

全員の能力を最大限まで強化し、今一度だけ男の身体に最大の攻撃を加える。

すぐに治ってしまってもいい。

一瞬の隙さえあれば、アルヴィン様が全てを終わらせてくれる。

「アルヴィン、長くはもたないわよ！」

「ああ、分かってる」

アルヴィン様は男の身体に剣を突き立てると、聞いたことのない呪文を詠唱し始める。

命を犠牲に摂理を超える禁術魔法――同じく摂理を超えたバグにすら、死を与えられるはず。

「こんなことをしたって、僕は死なな――あれ？」

男はやはり痛みを感じないらしく、回復できるという余裕からか薄笑いを浮かべていたものの、だんだんとその身体は黒ずみ、指先から砂のように崩れ始めた。

「は？　本当にきみ、なんなの？」

流石に危機感を覚えたのか、男の顔からは笑顔が消え去っている。

「ぐ、っ……！」

けれど心臓に刃を突き立て続けるアルヴィン様の手や首筋、そして顔には、見たことのない黒い痣が広がっていく。表情は苦痛で歪み、間違いなく禁術魔法の代償であることが窺えた。

その様子に、心臓が押し潰されそうになる。

「ぐあああああ！」

身体の半分ほどが崩れ、断末魔の叫びが響き渡った。男は必死に抵抗し暴れ、心臓に剣を突き立てられながらも攻撃魔法を放つ。

これまでの余裕はすっかり消え、命に執着する獣のように必死な攻撃だった。それらはアルヴィン様の身体を傷付け、辺りには血溜まりが広がっていく。

しかしアルヴィン様は男の攻撃など意に介さず、魔法の詠唱を続ける。

どちらかが死ぬまで、この戦いは終わらない。アルヴィン様は文字通り命を懸けている。

なら、私にできることは──……

「アルヴィン様！」

今すぐ駆け寄って止めたい気持ちを必死に抑えつけ、アルヴィン様が無事であるように祈りながら回復魔法をかけ続ける。今ここで止めては、全てが無駄になってしまう。

「絶対、死なせたりなんてしない……！」

──アルヴィン様がいない世界なんてもう、考えられない。

私は持てる全ての力を使ってアルヴィン様に魔力を注ぎ込み──その結果、意識を手放した。

「……う」

ゆっくりと目を開ければ、真っ白な天井が飛び込んでくる。

「ニナさん、目が覚めたんですね……！」

すぐに意識を失った時のことを思い出し、慌てて身体を起こした。

側には大きな目を潤ませるエリカの姿があり、どうやらここは王城内の医務室らしい。

「っアルヴィン様は──」

そこまで言いかけてすぐ、隣のベッドに横たわるアルヴィン様の姿を見つけた私は、息を呑んだ。

その美しい顔や手足には黒い痣が広がっており、顔色もひどく悪い。

「アルヴィン様もずっと意識が戻らなくて……ニナさんの魔法のお蔭(かげ)で一命をとりとめているので

はないか、ってオーウェンさんが言っていました」

生きているのが不思議なほどだと、エリカは赤く腫れた目元を擦る。

――男は無事に倒すことができ、テオが大怪我を負ったものの、みんなも無事だという。医務室に顔を出しつつ、アルヴィン様の代わりに仕事をこなし続けているとエリカは話してくれた。

私は完全に魔力を使い果たし、あれから三日ほど意識を失っていたらしい。外傷はエリカが時間をかけて治してくれたようで、怪我はなかった。

ふらつく身体でなんとか立ち上がり、エリカに支えられてアルヴィン様の側へと向かう。

「アルヴィン様……」

冷たい頬に触れると、視界がぼやけた。助けてくれてありがとう、と言いたいのに、涙が溢れるばかりで言葉が出てこない。

過去、誰のことも信じないと言っていた彼が仲間を信じ、自らを犠牲にしてまで私達を守ってくれたのだ。その気持ちの変化を思うと、胸が締めつけられた。

生きているのが不思議なくらい、全身が冷たい。

「……そうだ、アイテム」

報酬アイテムのことを思い出し、エリカに尋ねようとした私は、自身の右腕に見覚えのない金のブレスレットが嵌められていることに気が付いた。

「エリカ、これって……」

「あの男が消えた後、いつの間にかニナさんの腕についていたそうです。ニナさんの意識がない間に調べて、害がないことは証明済みです」

そして「これがバグを倒した報酬アイテムだと思います」と付け加えた。

それでも私が勝手に、自分の願いを叶えていいわけではない。少しの戸惑いを覚えていると、エリカはそんな私の気持ちを見透かしたように微笑(ほほえ)んだ。

「皆さん、アルヴィン様に使うべきだと言っていました」

「……ありがとう」

ブレスレットに触れると、使い方なんて一切分からないはずなのに、不思議と自分がどうすべきなのか理解できた。私はブレスレットの宝石部分に魔力を込め、アルヴィン様の手を取る。

「どうか、アルヴィン様を救って――……」

そう心から願うのと同時に、視界は眩い光でいっぱいになった。

最終章　私の居場所

「……みんな、まだかな」

自室にてふわふわの身体をぎゅっと抱きしめ、そう呟く。私の不安や緊張が伝わったのか、シェリルはぺろりと頬を舐めてくれて、思わず笑みがこぼれた。

――ラーラの予言通り、今日の明け方、邪竜が現れたとの報告が入った。

そしてエリカとみんなは予定通り、その討伐に向かった。異分子である私は邪魔にならないよう一人王城に残り、無事にみんなが戻ってくるのを待ち続けている。

絶対に大丈夫だと分かっていても、やはり緊張してしまうもので、朝から何も手につかず私は部屋の中をうろうろと歩き回ったり、シェリルとごろごろしたりして過ごしていた。

「うう……ドキドキする……」

バグを倒してから、もう一カ月くらいが経つ。

全員無事に回復し今日という日に備えていた。もちろん、アルヴィン様も。

報酬アイテムでアルヴィン様の回復を祈った結果、無事に願いは叶った。数日後、目を覚ましたアルヴィン様は、自身がまだ生きていることに驚いている様子で。

『……地獄にニナがいるなんて、おかしいと思った』

『勝手に殺さないでください』

思い返せば、オーウェンが「期待させるのはよくない」と言い、アイテムの存在についてアルヴィン様には黙っていたのだ。

『……自分の願いのために罪を犯して、貴重な願いを無駄に使わせて、本当にどうしようもないな』

『でも、アルヴィンのお蔭であいつを倒せたんだろ。お前が禁術魔法を使ってなかったら、俺達全員あの時に死んでたかもしれないし』

『そうよ。罪のひとつやふたつでジメジメしてんじゃないわよ』

『あまりフォローになってないけど、まあ僕もそう思うな。結果としてはベストだった』

『ああ』

アルヴィン様は自身を責めていたけれど、周りは責めるどころかフォローに回っていた。アルヴィン様が目覚めるまで、毎日それぞれお見舞いに来ては言葉をかけていたのだ。

『これからはいっそう、この国のために尽力すると誓う』

その真摯な言葉に、誰もが深く頷いていた。

私もそんなアルヴィン様と共に持てる力を使い、できる限りのことをしていこうと思う。

「よし、久しぶりにポーションでも作ろうかな」

そうして両手を合わせ、ソファから立ち上がった時だった。シェリルがひと鳴きし、それがいつもアルヴィン様がやってくる時のものだと気付く。

次の瞬間、ノック音がして、すぐにドアへ駆け寄る。

「おかえりなさい！」

「ただいま、ニナ」

そこには予想通りアルヴィン様の姿があって——顔を見た瞬間、思わず抱きついていた。

怪我(けが)もないようで、心底安堵(あんど)する。すぐに中へと促(うなが)すと、シェリルも子犬のように尻尾(しっぽ)を振ってアルヴィン様に駆け寄っていき、抱き上げられていた。

「無事にエリカが邪竜を倒したよ。エリカは心身共に疲れ切って気絶して、今頃は医務室に運ばれているはずだ。怪我もない」

「本当に良かったです。よ、良かった……」

今更どっと安心して腰が抜けそうになったのを、アルヴィン様が支えてくれる。

これでようやくエリカもゲームシナリオから解放され、この世界における自分の人生が始まるのだろう。

——以前、元の世界に帰りたいかと尋ねたことがある。けれどエリカは静かに首を左右に振った。詳しいことは聞いていないものの、彼女にも何か事情があるのだろう。

これからは想い人である料理人の青年と共に、幸せな人生を歩んでいってほしい。もちろん私も、良き友人として彼女と過ごしていきたいと思っている。

「ニナもこれで肩の荷が下りたね」

「……はい」

アルヴィン様の言う通り、私自身も『剣と魔法のアドレセンス』というゲームから、ようやく解放されたような気がした。


それから少しして、私はエリカのいる医務室を訪れた。最近は自身も含めてよくこの場所へ来ていたけれど、これからはなるべくお世話になりたくないと思いながら、ドアを開ける。

「ニナさん！　アルヴィン様！」

するとそこには、ベッドの上に座り、フルーツを食べているエリカの姿があった。その隣にはくだんの青年の姿があり、アルヴィン様を見るなり慌てて立ち上がり、頭を下げる。

「顔を上げてくれ」

「ごめんなさい、急に来て邪魔をしちゃった？」

「いえ、とんでもないです！　僕も少しだけ時間をいただいて来ただけなので、失礼します」

青年は柔らかな人のよさそうな笑みを浮かべ、エリカに声をかけると、私達にも丁寧に挨拶(あいさつ)をして医務室を後にした。この一瞬のやりとりだけでも、素敵な人だというのが伝わってくる。

「お疲れ様！　頑張ったね」

「ほ、本当にありがとうございます……」

話しているうちにエリカのアイスブルーの瞳からは、ぽたぽたと大粒の涙が零れ落ちていく。

これまで感じていたであろうプレッシャーや重ねてきた努力を思うと、私まで視界がぼやける。

「私、本当にダメダメで……でも、ニナさんはずっと諦めないでいてくれて、すごく嬉しかったんです。ありがとう、ございます……」

「ううん、私は大したことはしてないもの。エリカが頑張ったんだよ」

やがてエリカは涙を拭い、私の手を取ると、そっと両手で包むように握りしめた。

「ニナさん、こんな私ですが、これからもお友達でいてくれますか……？」

彼女は不安げに瞳を揺らしているけれど、私の心はもちろん決まっている。

「ニナ」

「えっ？」

「これからはもう、そう呼んでくれるんだよね？」

──出会ったばかりの頃、私が「ニナ」と呼んでほしいと伝えたところ、今の自分は生徒だからと断られたのだ。聖魔法を使いこなせるようになった後、友達として呼ばせてほしいと言っていた。

エリカもそのやりとりを思い出したのか、彼女の目からはさらに涙が溢れていく。

「ニナ、ありがとう……うわあん……」

「うん。こちらこそ、ありがとう」

半年前、エリカが私の存在に気付いてくれたから、今がある。一生懸命でまっすぐなエリカが、私は大好きだった。

この先も大切な友人として一緒に過ごしていけることが嬉しくて、私は泣き続けるエリカをぎゅっと抱きしめた。

そして翌日の晩、テオとラーラが幹事をしてくれ、盛大なお疲れ様パーティーを開いた。

「ほら、ニナも飲みなさいよ」

「ニナに絡むな」

「出た出た、激重執着面倒男」

「…………」

七人で豪華な食事やお酒を囲む中、私のグラスにお酒を注ごうとするラーラを、アルヴィン様が真顔で押しのけている。既にラーラは酔っているようで、先ほどからご機嫌だ。

「いいじゃん、めでたい日なんだしよ」

「そうよそうよ！　ようやくスッキリしたわよね。やっぱり落ち着かなかったもの。誰かさんが最後までポンコツだったせいで」

「う、うう……すみません……」

「あまりいじめてやるな。だが、裏では褒めていたぞ」

「えっ？　ラーラさんがですか？」

「ちょっと、余計なこと言うんじゃないわよ！」

騒いでいる三人の隣では静かにワインを飲んでいたオーウェンが、綺麗に口角を上げている。

「でも、エリカも本当に頑張ったね。最初の頃は正直、絶対に無理だと思っていたよ」

「うう……オーウェンさんまで……でも、何もかも皆さんのお蔭です！　私の出番の頃には、邪竜もかなり弱っていましたし」

やはり先日の戦いに比べれば、邪竜の討伐は可愛いものだったらしい。誰も大きな怪我なく帰ってきてくれたことが、何よりも嬉しい。

そんなエリカは数日前、想い人に告白をしようとしたところ、先に告白され、無事に恋人同士になったそうだ。幸せそうなエリカはすごく可愛くて、こちらまで幸せな気持ちになる。

「でも良かったな！　お前、ずっと好きだったじゃん」

「ふふ、ありがとうございます」

確かに私と出会った頃にはもう、彼のことが好きだと話していた記憶がある。

エリカのお兄さんポジションであるテオも嬉しそうにしていたけれど、不意に「そういや俺も、もう十九だもんなあ」と呟いた。

「俺もそろそろ結婚するか」

「えっ？　誰か相手がいるの？」

「いや、いないけど」

「テオはまず、誰かを好きになるところから始めた方が良さそうだね」

よしよしとテオの頭を撫(な)でながら、オーウェンはそう言って笑う。

「お前らなんて俺よりずっと年上なんだし、焦った方がいいんじゃね？」

「手厳しいな」

「痛い所を突くね」

テオの言葉にディルクとオーウェンは顔を見合わせ、苦笑いをする。

ちなみにエリカとステータスを確認したところ、しっかりとエリカの画面には「聖女」と表示されていたそうだ。そして私は――……

「ねえニナ、少し外に出ない？」

「はい。ちょうど外の空気を吸いたいと思っていたので」

アルヴィン様に誘われ、すぐに頷いて差し出された手を取る。みんなもそれぞれ楽しんでいるようで、私達はそのままバルコニーへと出た。

「わあ、涼しい」

外に出ると、少し冷たい風が頬を撫でていく。

二人で手すりに体重を預けて並ぶと、私はアルヴィン様を見上げた。

「体調はどうですか？」

「問題ないよ。その分、禁術魔法で得られた力もなくなっていたけど」

「アルヴィン様はそんなものがなくても、誰よりもすごい魔法使いですから」

現在、体調は回復しているものの、これまで禁術魔法がどれほどアルヴィン様の身体を蝕んでいたかは分からない。今後も経過を見つつ、無理をしないようしっかり見守っていきたい。

じっと空を見上げるアルヴィン様の視線の先を辿れば、綺麗な満月が浮かんでいた。

「……あの日の夜も、こんな月だった。ニナがいなくなった日」

私はアルヴィン様の横顔を見つめながら、次の言葉を待つ。

「ずっとニナを待ってたんだ。どんな風に好きだと伝えよう、好きだと伝えたらどんな反応をするだろうって考えながら、空を見上げてた」

そんな言葉に、胸が締めつけられる。

アルヴィン様がこうしてあの日のことを話してくれるのは、これが初めてだった。

「いなくなったことに気付いた後、母を亡くした日以来、初めて泣いたよ」

「アルヴィン様……」

「同じ聖女が再びやってきた例はないし、二度とニナに会えないかもしれないと思うと、生きている理由すら分からなくなった」

私は元の世界に戻った後、あの男に殺された時の記憶を忘れたくて、しばらくこの世界のことを思い出さないようにしていた。

けれどアルヴィン様はその間も、それからもずっと、私を想ってくれていたのだ。

「……もう、あんな想いは二度としたくない」

アルヴィン様は私に向き直ると、私の頬に触れた。

「愛してるよ、ニナ。これから先もずっと、俺の側にいてほしい」

「……っ」

胸がいっぱいになり、こくこくと頷くことしかできずにいる私に、アルヴィン様はひどく優しい眼差し(まなざ)しを向けると、やがて何かを差し出した。

「俺と結婚してくれる？」

「――――」

目の前で輝く美しい指輪に、思わず目を奪われる。

告げられた言葉とその指輪の意味を理解するのに、少しの時間を要した。

「……私で、いいんですか？」

ようやく出た声は今にも消え入りそうで、アルヴィン様は困ったように微笑(ほほえ)んだ。

「俺はニナじゃないとダメなんだ。俺はニナがいないともう、生きていけそうにない」

そう告げられるのと同時に、抱き寄せられる。

大好きなアルヴィン様の香りや体温を感じ、視界が滲む。

それでも今は伝えるべきことがあると、私は彼の背中に手を回し、口を開いた。

「私も、アルヴィン様を愛しています。これから先もずっと、アルヴィン様の側にいたいです」

「ありがとう。……だめだ、泣きそうだ」

私の涙を指先で拭うと、泣きそうな顔をしたアルヴィン様は幸せそうに微笑む。そんな彼をきつく抱きしめ返した私も、これ以上ないくらいの幸せが全身に広がっていくのを感じていた。

この幸せが得られたのは、奇跡や偶然なんかによるものではない。

アルヴィン様がずっと私のことを想い続け、命を賭してまで諦めないでいてくれたからだ。

「私、もう一度この世界に来られて本当に良かったです」

「……ありがとう。ニナがそう言ってくれるだけで、全て報われたような気持ちになる」

――部屋の中で膝を抱え、ひとりぼっちだった私はもういない。

大切な人達と愛する人がいるこの世界こそが、私の居場所なのだから。

書き下ろし

世界で一番

平和な日々を送っている私は王城の裏の森にある屋敷にて、エリカとラーラと女子会をしていた。

エリカに当たりの強かったラーラも今では良き友人として接しており、こうして三人で遊ぶことも少なくない。女同士でしかできない話もあって、毎回とても楽しく過ごしている。

楽しくランチをした後、ついつい食べすぎたのを少し悔いた私達は、天気も良いため森の中を散歩することにした。

「――そうしたらね、その男ったら勝手に帰ってたの！　信じられなくない？」

「ええっ……酷いです！」

「いやそれ、絶対にラーラが悪いと思うよ。泥酔(でいすい)して記憶がないんでしょ？　いつものラーラなら逃げ出したくなることをしていても、全然おかしくないもん」

そうしてお喋(しゃべ)りをしながら歩いているうちに、さらさらと流れる小川とベンチを見つけ、足を止める。日陰(ひかげ)になっていることを確認した私は、二人に声をかけた。

「ちょっとだけそこに座って、待っててもらってもいい？」

「うん！　大丈夫だよ」

「私も別にいいけど」

ちょうど魔力が満タンまで溜まっていたため、無駄にしまいと思った私は小川に両手を入れた。

「――浄化(プリフィケーション)」

我がワイマーク王国では水質汚染が国全体で問題になっており、以前から私は川の水に浄化魔法をかけていた。全ての問題が解決し魔力が有り余っている最近も、暇さえあれば掃除をしている。私の浄化魔法による効果とは限らないものの、だんだん水が綺麗になっている気がしていて、さらにやる気が芽生えていた。

「ちょっとニナ、何してんのよ」

「川の掃除だよ。少しは意味があるかなって」

「わ、私も手伝います！」

「あんた達って、本当に奇特な人間ねえ。私は何もできないから大人しく見てるわ」

ラーラはベンチに腰を下ろすと、脚を組みふわあと欠伸をしている。

一方、エリカは私の隣へやってくると、一切の躊躇いもなく濁った小川に真っ白な手を入れた。

「よいしょ……浄化（プリフィケーション）！」

今では聖魔法を使いこなすエリカの両手は柔らかな光に包まれ、辺りの水は浄化されていく。

「さすがニナ、人知れずこんな慈善活動をされていたなんて……！」

「気休め程度だし、効果があるかどうかも分からないんだけどね」

「絶対に絶対に効果はあるよ！　これからは私も手伝うから！」

エリカはやけにやる気を見せてくれ、今後は二人で一緒に掃除をすることになった。

そうして私達は川に手を突っ込みながら楽しくお喋りを続け、いつしか空は赤く染まっていた。

「あーあ、そろそろ飲みに行ってまた新しい男を探そうかしら。エリカも一緒に行きましょうよ」

「えっ？　わ、私は……」

「こら、恋人のいるエリカを巻き込まないの」

「だって私、あんた達以外に友達いないんだもの」

「ラ、ラーラさん……わ、私のことを友達だと思ってくれているんですか……？」

「ちょっと、何泣いてんのよ」

「う、嬉しくて……うわあん……」

エリカが感激して泣き出してしまい、私は魔力を使い果たしかけていたため、そろそろ王城へと戻ることになった。

「本当、どうしようもないわねえ」

ラーラは溜め息を吐きながらもしっかりエリカを慰めており、二人が仲良くなって本当に良かったと、笑みがこぼれた。


それからというもの、川の掃除に目覚めたらしいエリカに「今日も小川へ行こう！」と頻繁に誘われるようになったけれど、桁違いの魔力量を持つ彼女についていけるはずもなく。

このままでは私の身がもたないため、週一回と約束して、私達の「川のお掃除部」はのんびり活動を続けることにした。

そんなこんなで数カ月が経(た)ったある日、私はアルヴィン様の執務室に呼び出されていた。

「――えっ？　水が完全に浄化されたんですか？」

「ああ。国内どころか、隣国までね」

「ええっ」

なんと私達の浄化魔法により、我が国だけでなく隣国まで水が完全に綺麗になったという。

全ての水量を考えるとにわかには信じがたいものの、最近はエリカも頑張ってくれていたし、あり得ないことではないのかもしれない。

聖女パワー×2、すごすぎる。

「ニナから軽く話は聞いていたけど、まさかこれほどの成果を出してくれるとは思わなかったよ。ありがとう」

「いえ、それに私だけじゃなくエリカも頑張ってくれていたので」

「そうだね。彼女にも礼をしなければ」

水質改善の結果、魔物の数も減り、動植物にも良い影響が出ているそうで、本当に良かった。

「民(たみ)達も、二人の聖女に心から感謝しているそうだ」

「……二人、ですか？」

「うん。以前話していたニナのお披露目に合わせて、噂を流しているんだ。何よりエリカが自分だけの手柄にはしたくないと、大騒ぎしてね」

「なるほど、そうだったんですね」

――先代の聖女である私は、この世界では既にいなくなったということになっている。

ちなみに両陛下や城の人間には、バグの男を倒した後、私の存在を伝えた。

『ニナ、よく戻ってきてくれたわ。まさに愛の奇跡ね』

『ああ。アルヴィンをよろしく頼む』

お二人も私達の仲を心から祝福してくれ、結婚もすんなり認められた。

以前アルヴィン様も言っていたけれど、次期国王である彼が結婚を拒み続けていたのがとにかく悩みの種だったらしく、心底安心した様子だった。

私ならば安心だとまで言われ、期待を裏切らないようにしなければと背筋が伸びる思いがした。

『アルヴィンがある日を境に幸せそうになったのは、あなたのお蔭だったのね』

前王妃様亡き後、隣国から嫁いできた現王妃様はとても穏やかな方で、アルヴィン様とも良い関係を築いているそうだ。

そしてアルヴィン様との将来のためにも、近々国民に私が異世界から戻ってきたと知らせることになっていた。

お披露目と同時に、私達の恋愛を軸（じく）にした小説本や舞台の話まで出ているらしく、本当にやめてほしいと頭を抱えたのは記憶に新しい。

アルヴィン様はやけに乗り気な様子で、余計に困っていた。

「隣国からもいたく感謝されていて、二週間後の建国祭に合わせて隣国の第四王子が大使として来ることになっているんだ。あらためて聖女に感謝を伝えたいそうだ。ニナのことも伝えるものの、表ではエリカに対応してもらうつもりだ」

「はい。今の聖女はエリカですから」

まさか自国だけでなく隣国も関わる大事になるなんて、想像すらしていなかったけれど、やはり感謝されるというのは嬉しい。

これからもこの力を活（い）かしていきたいと、私は気合を入れ直した。

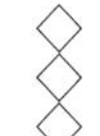

建国祭が近づき、城内は慌ただしい雰囲気に包まれている。

国内の貴族だけでなく近隣諸国の使節団なども続々と到着し、王城内に滞在しているのだ。使用人達は朝から晩まで対応や建国祭に向けた準備に追われ、忙（せわ）しなく働き続けている。

アルヴィン様も多忙を極めており、そろそろ無理やりお昼寝をしてもらわなければと、オーウェンとも話していた。

「わあ、綺麗な髪色。どこの国の方なんだろう？」

「あちらはペリエ王国の方ですよ」

私はもう変身魔法をかけずに出歩いており、メイド達と城内を散歩しながらそんな会話をする。

他国の人々にはただの貴族令嬢だと思われ、声をかけられることも少なくなく、その際に色々な話を聞けるのは新鮮で楽しい。

男性とは絶対に関わるなとアルヴィン様にきつく言われているため、女性に限るのだけれど。

そんな中、ガシャンと何かが割れる大きな音がして振り返ると、メイドの一人が花瓶を落としてしまったようだった。

慌てて破片を片付けようとしたメイドの手からは、ぽたぽたと血が垂れていて、私はすぐに引き返すと彼女に声をかけた。

「大丈夫？」

「ニ、ニナ様！　も、申し訳ありません……！」

「ううん。それより手を見せて」

恐る恐る手を出したメイドにすぐさま回復魔法をかけると、彼女は目を瞬（またた）かせた。

「わ、私なんかにこんな……ありがとうございます」

「これくらい気にしないで。それと、破片は危ないから気をつけてね」

ついでに床に散らばった破片を風魔法で集め、底の無事だった部分に入れておく。

これでもう、手を怪我（けが）することはないはず。

「ほ、本当にありがとうございます……！」

「ううん。こちらこそ、いつもありがとう」

実は彼女は私の部屋の清掃も担当してくれていて、細やかな気遣いに日々感謝している。

私がこれ以上ここにいると恐縮してしまうだろうし、さっさと立ち去ろうと連れ立っていたメイドに声をかけた時だった。

「――失礼ですが、もしやあなたがもう一人の聖女様ですか？」

背中越しに低い男性の声が聞こえ、振り返る。

するとそこには褐色（かっしょく）の肌と銀髪が目立つ、一人の男性の姿があった。あまり知識のない私でも、身なりと彼を囲む大勢の従者から、彼がかなりの身分であることが分かる。

派手な上に整った顔立ちをしていて、ゲームのキャラクターみたいだと思ってしまった。

「突然お声をかけてしまい、申し訳ありません」

「い、いえ……」

ついぼんやりしてしまった私を見て、男性は眉尻を下げ、微笑（ほほえ）んだ。

「僕はシャングラン王国から参りました、ボフミルと申します」

シャングラン王国と言えば、お掃除部の活動により水質が改善されたという隣国だ。つまり目の前の男性が、大使の第四王子なのだろう。

なるほど王子様なら、何もかもが納得だった。私に聖女かと尋ねてきたのも先ほど回復魔法を使う姿を見ていて、お礼を伝えたいと思ってくれたからに違いない。

確かに功績としては小さくないけれど、私は川に手を突っ込んで魔力を流しただけなのだ。

ここは一言だけお礼を貰ったら、すぐに部屋へ戻ろうと決める。

「はじめまして、私は先代聖女のニナと申します」

「ああ、やはりそうでしたか！　ぜひ直接お会いして感謝を伝えたいと思っていたんです」

ぱっと両手で右手を掬い取られ、きつく握られる。

突然のことに驚き振り払いそうになったけれど、相手は王族なのだ。失礼なことはできないと、苦笑いを返す。

側で専属のメイドは真っ青な顔をしていて、アルヴィン様に何か言われているのだと察した。

このままでは彼女の寿命が縮まってしまうだろうし、一刻も早く下がらなければ。

「ありがとうございます。ですが、現聖女であるエリカ様のお蔭ですから」

そう言って手を引き抜こうとしたけれど、強く握られていて叶わない。

第四王子は眩しい笑みを浮かべ、まっすぐに私を見つめている。

「先ほどの魔法も見事でした。聖魔法以外も使えるのですか？」

「ええ……まあ……」

「素晴らしい！　ニナ様のお話は、以前からよくお聞きしていたんです」

「あ、ありがとうございます」

「魔王を倒された時のことも、我が国で――……」

褒められて悪い気はしないけれど、話が長くなると察した私は無理やり切り上げることにした。

「申し訳ありません。次の仕事があるので、そろそろ失礼します」

今までもこれからも仕事の予定なんてないものの、隙を見てパッと手を引き抜き、頭を下げる。

このまま急いで部屋に戻ろうと、死にそうな顔をしたメイドを連れて歩き出した時だった。

「ニナ様、お待ちください」

「……えっ？」

手首を掴まれ、引き止められる。

女性に対してこんな風に触れるなんて、王族といえど褒められた行いではない。

「ああ、申し訳ありません。僕としたことが……」

本人も迂闊だったという自覚はあるらしく、すぐに手を放し、慌てた様子を見せている。

何がしたいのか分からず、流石の私も苛立ちを感じ始めていた。

「まだ何か？」

「――実はあなたに、一目惚れをしてしまったようです」

「はい？」

信じられない言葉に、自分の耳を疑ってしまう。私の隣で控えているメイド達の顔色も赤くなったり青くなったりしており、どうやらとんでもない聞き間違いではなかったらしい。

そんな中、第四王子は笑顔で続ける。

「どうか共にシャングラン王国へ行き、僕と結婚していただけませんか？」

次の瞬間、再び花瓶が割れる大きな音が廊下に響いた。

◇◇◇

「いやー、笑った。ニナ、モテモテだな」

「ニナの代わりに私じゃダメかしら？　顔を見たけど、かなり良い男だったし」

「お願いだから二人とも黙っていて」

「ああ。二度と口がきけなくなるよう喉を潰してやろうか」

けたけたと楽しげに笑うテオとラーラの向かいで、アルヴィン様は今にも人を殺しそうなオーラを纏い、低い声でそう言ってのけた。

——今日の昼間に行われた謎の公開プロポーズは、アルヴィン様だけでなく大勢の耳に入ることとなり、今ではあちこちでその話で持ちきりだという。

我が国の第一王子と結婚を約束した仲だと伝えた上で、その場で丁重にお断りしたけれど、アルヴィン様はそれはもうお怒りだった。

隣国を攻め滅ぼしかねない勢いに、私だけでなくオーウェン達も本気で焦っていたくらいだ。

『できる限り苦しみを与えた上で殺してくる』

『お、落ち着いてください！　しっかり断ってきましたし！』

『大丈夫だよ。もちろん俺の仕業だとはバレないようにするから』

『その心配をしているわけではないので、本当に落ち着いてください！』

『ニナに触れた上に一目惚れ？　結婚を申し込んだ？　手と舌を切り落とすだけじゃ済まないよ』

『普通に考えて全然済むレベルです、やりすぎです』

今にも第四王子を殺しに行きそうなアルヴィン様を必死に止めながら、こんなやりとりを二時間ほど続け、今はなんとかみんなで夕食をとりに食堂へとやってきている。

場所と共に雰囲気や機嫌を変えられるかと思ったものの、ラーラやテオは空気を読まずに冷やかしてきて、最悪の展開だ。私はもう食事どころではなかった。

冷や汗が止まらず、隣のアルヴィン様を見られない。

「まあ、でも仕方ないよ。ニナとアルヴィンの関係については知らなかったわけだしさ。まだ婚約すらしていないからね」

「ああ。近々婚約も発表するんだろう。そうすれば、こんなことはもう起きない」

「そ、そうですね！　事故みたいなものですし」

「…………」

一方、その他の三人はアルヴィン様を宥めてくれており、涙が出そうになる。

無断で触れてきた以外、第四王子に非はないのだ。頭に血が上っていたアルヴィン様もだんだんと落ち着いてきたみたいで、ほっとした時だった。

「でも、久しぶりのライバル登場って感じだよな。たまにはこういうのもいいんじゃね？」

「は？　ライバル？　俺とあいつが対等な立場だとでも？」

テオの地雷すぎる言葉に、一瞬にして空気が凍りつく。

怒りにより漏れ出したアルヴィン様の魔力が見えたのか、エリカが「ひっ」と悲鳴を上げる。

「あああもう！　アルヴィン様！　部屋へ戻りましょう！」

このままでは何をするか分からないと思い、アルヴィン様の腕を引いて私は食堂を後にした。


食堂から一番近い私の部屋に入ると、ソファにアルヴィン様を座らせ、隣に腰を下ろす。

少しでも機嫌を取ろうと、ぴったり隣に座り、両手で彼の手を握る。

「アルヴィン様、ごめんなさい」

「なんでニナが謝るのかな。まさかあいつの味方をしてる？」

「ち、違います！　私がもっと警戒していれば、起きなかった話かなって」

「確かにそうだね。ニナが俺以外の男と半径十メートル以上近づけない、会話できないようにしておけば起こらなかった話だった。俺の落ち度だ」

「そ、それは流石に生活に支障が出るような……」

アルヴィン様なら魔法を駆使し、あっさりと実現してしまいそうだから恐ろしい。

「そもそも、一目惚れというのも嘘だと思うんです」

隣国には聖女がおらず、私ではなく「聖女」を求めているのだろうとオーウェンも言っていた。

もちろん我が国でも聖女は貴重なため、普通に聖女が欲しいと言えば角が立つ。だからこそ、結婚という形で連れ帰れないかと考えたに違いない。

残念なことに、我が国ではそれが最も角の立つ方法だったけれど。

「それに一目惚れをするなら私ではなく、エリカに決まっているじゃないですか」

私に遭遇する前に、第四王子は既にエリカに会っていたのだ。

超絶美少女であるエリカではなく私に、という時点であり得ないと思っていた。

「元聖女って肩書きの私の方が連れ帰りやすそうだから、声をかけただけで――」

「何を言ってるのかな」

冷えきったアルヴィン様の低い声が室内に響き、慌てて口を噤む。

どうやら私もまた、彼の地雷を踏んでしまったらしい。

「ニナは世界で一番かわいいよ。他の男が好きになるのも当然だ」

「いや……それは少し、いえ大きく違う気が……」

好きな人に世界で一番かわいいと言われるのは嬉しいものの、特殊フィルターがかかっているアルヴィン様と、他の人から見る私は違うというのを分かってほしい。

「王族なんて地位の方が、私のことを好きになるというのもおかしいですし」

「俺も王族だよ。それにニナを好きだったディルクだってオーウェンだって、地位のある男だ」

「あっ、確かに……そうですね……」

「ニナは自分が魅力的な女性だって、いい加減に気付いてくれないかな」

アルヴィン様はそう言って顔を背けた。これは完全に拗ねた時の反応だと、私は知っている。

こうなってしまった時、どうすれば良いのかも。

「アルヴィン様」

私は深呼吸をすると、アルヴィン様の名前を呼ぶ。それでも反応がなく、彼の顔に手を伸ばすと、無理やりこちらを向かせた。

そして何度か唇を重ねると、やがて後頭部に手を回され、口付けが深くなった。

「……っ」

少し息苦しくなった頃、そっと胸板を押せば、熱を帯びたスミレ色の瞳と視線が絡んだ。

「……機嫌、直りました？」

そう尋ねればアルヴィン様は私の首筋に顔を埋め、小さく頷いた。

「単純すぎて、自分が嫌になる」

「私はそんなアルヴィン様も好きですよ」

普段受け身の私がこうして積極的になると、アルヴィン様は機嫌が直るのだ。とてつもなく恥ずかしいし、ここぞという時にしか使わない技だけれど。

悔しいと呟き、私にぎゅっと抱きつくアルヴィン様の背中に腕を回す。

なんだか子供みたいでかわいくて、笑みがこぼれた。

「建国祭、変装して一緒に回りましょうね」

「…………」

「もしかして嫌ですか？　それなら諦めます」

「……俺がニナの誘いを断ったこと、今までにあった？」

「ふふ、ないです」

その後もずっとくっついていたことで、アルヴィン様の機嫌も完全に直ったようでほっとする。

これで明日からの建国祭も楽しく過ごせるだろうと、私は胸を弾ませた。

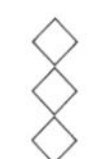

建国祭である今日から三日間、王都では多くの出店が並び、大勢の人が集まるという。
私は実際に参加するのは初めてで、初日から最終日までそれぞれ色々なメンバーとお祭りを回る

約束をしている。

アルヴィン様と過ごすのは三日目の予定で、今日はエリカとテオと回ることになっていた。

「ニナのドレス、とってもかわいい！　よく似合ってるわ」

「ありがとう。建国祭用にっていただいたんだ」

「あ、やっぱりアルヴィン様からのプレゼントなの？」

「金と紫のドレスを贈る悪趣味な奴なんて、アルヴィン以外にいないだろ」

呆れた顔で、テオは肩を竦めている。

私が着ているドレスは美しいスミレ色をベースに金糸の見事な刺繍が入った、間違いなく超高級品だ。アルヴィン様カラー欲張りセットのため、周りからの視線が生暖かい。

とは言え、私としてはどちらも大好きな色だし、これからもたくさん着たいと思っている。

「テオさんの私服も素敵ですね！　なんだか新鮮です」

「確かに。テオっていつも仕事着だよね」

「あれが一番楽だけど、街中に遊びに行くのに普段の格好は目立つしやばいだろ。つーかエリカ、俺にも敬語やめろって言ってんじゃん」

「ご、ごめんなさ……ごめんね！　ニナにも結構時間がかかったし、難しいなあ」

エリカは私に対して敬語をやめるのも、かなり苦労していた。かく言う私も、エリカにニナと呼ばれるたび、未だに少しだけそわそわしてしまう。

「俺、出店のパンがすげえ好きでさ」

「どんな味なの？」

「なんつーか、森みたいな味？」

「全然伝わらない上に惹かれないんだけど」

そんな他愛のない話をしながら、馬車を待たせている城門へ向かって歩いていく。

けれどふと、財布を別の鞄に入れたままであることに気が付いた。

「あっ、ごめん！　私、部屋に一旦戻るから先に行ってて」

「一緒に行ってやろうか？」

「ううん、一人で大丈夫だよ」

真昼の王城内だし、何よりその辺の暴漢よりも私の方がずっと強い。

そうして二人と別れ、急ぎ自室へ向かっていた時だった。

「ニナ様、こんにちは」

「――殿下」

「嫌だな、ボフミルとお呼びください」

爽やかな笑顔で私に声をかけてきたのは昨日ぶりの隣国の第四王子で、どうしてここにいるのだろうと私は戸惑いを隠せずにいた。

二度と私と関わることがないよう、アルヴィン様が見張りをつけ、顔を合わせないようにすると言っていたからだ。

「すみません、あなたに会いたくて見張りはまいてきてしまいました」

「……何の用ですか？　結婚のお話はお断りしたはずですが」

嫌な予感がして、一歩後ずさる。そんな私を見て、第四王子は眉尻を下げた。

「あまり冷たくしないでください。悪いようにはしませんから」

「………………」

「この申し出は、あなたのためでもあるんです」

まるで本当に心から私を心配しているかのような顔で、彼は続ける。

「あなたは保身のために、第一王子と結婚をするんでしょう？　あんな功績を残したというのに、異世界から戻ってきたら新しい聖女がいて、居場所を奪われていたんですから」

「……は？」

「お気持ちはよく分かります。だからこそ、僕達は上手くやっていける気がするんです。シャングラン王国では王妃として、唯一の聖女として、あなたを盛大に迎え入れます」

この人は一体、何を言っているのだろう。

エリカに居場所を奪われた私が、なんとか自分の地位を確立しようとした結果、王妃となるためアルヴィン様との結婚を選んだと本気で思っているのだろうか。

あまりにも的外れな思い込みと勝手な考えの押し付けに、恐怖すら感じた。

たった今まで、私はエリカと仲良く歩いていたというのに。

「アルヴィン殿下のことは昔から知っていますが、彼には心がない。ですが僕はあなたを愛しているし、寂しい思いもさせません」

どうやら訳の分からない自信は、以前のアルヴィン様を知っていることからきているらしい。

確かに過去のアルヴィン様なら本気で誰かを愛するなんて、想像できなかっただろう。

けれど、今は違う。大切な人に対して分かったような口をきかれ、私達の関係を勝手に決めつけられるというのは、不愉快でしかなかった。

「――いい加減にしてください」

伸ばされた手を、思い切り振り払う。先日は立場なんかを気にしたものの、もう相手側は然るべきラインを超えていた。

私の反応が気に入らなかったのか、第四王子の口元には嘲笑が浮かぶ。

「やはり聖女というのは、プライドが高いのですね。頭でも下げてやりましょうか」

「その言葉、そっくりそのままお返しします」

元々、私は気が長い方だけれど、もう限界だった。

こんな人に馬鹿にされるような生き方を、私はしていない。何よりアルヴィン様への気持ちを否定されたのが、どうしようもなく腹立たしかった。

「私はアルヴィン様が好きで大好きで、愛しているから結婚するんです！」

気が付けば大声でそう叫んでいて、第四王子はぽかんと呆けた顔をしていた。

同時に背後から複数の足音が近づいてきて、青ざめていく。

「……え」

振り返った私もきっと、同じような顔をしていたに違いない。

そこには大勢の兵やオーウェン、そして顔を赤く染めるアルヴィン様の姿があったからだ。

「ニナ、いい加減に毛布の中から出てきてくれないかな」

「……私は一生ここで引きこもります」

「本当に？　嬉しいな。一生、俺以外に会わなくて済むね」

「そこは普通、止めるところです」

「ごめんね、俺は普通じゃないから」

きっと毛布の向こうにいるアルヴィン様は、それはそれは嬉しそうな顔をしているのだろう。

暑くて苦しくなってきたものの、まだ毛布から出る気にはなれなくて、必死に我慢する。

――あの後、第四王子は使節団と共にシャングラン王国へ帰っていった。強制的に帰らされた、というのが正しいかもしれない。

かつてワイマーク王国を魔王から救った大切な聖女——その上、次期王妃になる私に乱暴を働いたのだから、国家間の問題になるのも当然だった。

そもそも同盟国ではあるけれど、魔法に秀でている我が国の方が様々な面で立場は上なのだ。

しかも、今回の使節団は謝意を表するものだったため、まさに恩を仇で返したことになる。

一連の出来事を知ったシャングラン王国側からも、すぐに謝罪がなされたという。王位を狙う第四王子が勝手に引き起こしたらしく、あちらも頭を抱えているようだった。

彼が言っていた通り、私は隣国でも「魔王を倒した聖女」として名が通っているらしく、今回の水質汚染問題を解決したのも私ではないかという噂が流れていたんだとか。

だからこそ私を妃として連れ帰れば、民からの支持が得られると思ったのだろう。

やはり私は、自身の立場を固める駒としか見られていなかったのだ。

『アルヴィンが第四王子を殺さなかったの、奇跡だったよ。代わりに王城の一室が壊滅したけど』

一応は話し合いの場が設けられたものの、アルヴィン様が応接室を全壊させつつ「二度と私に近づくな」と脅したことで、強制的に即終了したらしい。

『踏みとどまれたのはニナの熱烈な告白のお蔭だろうね。ちなみにあの王子様は然るべき処罰を受けるそうだし、二度とこの国の土を踏むことはないから安心して』

オーウェンも何故か満足げな様子で、しばらくこの件はからかうネタにされそうだ。

色々と思い出しさらに深く毛布を被ると、アルヴィン様がくすりと笑ったのが分かった。

「俺を愛しているから結婚するんだと言ってくれて、本当に嬉しかったよ」

「………」

「ねえニナ、顔が見たいな」

「………」

「お願い」

「……そんな声を出すの、ずるい」

悲しげな声を出されてしまっては、いつまでも無視できるはずもなく。

仕方ないと目元だけ出した瞬間、私の心の壁である毛布は無理やり剝ぎ取られ、床ドン状態で押し倒される体勢になっていた。

鼻先が触れ合う距離まで顔が近づき、スミレ色の瞳に映る自分と視線が絡んだ。

「ま、待ってください」

「待たない」

アルヴィン様は柔らかく目を細めると、私の頬や唇、首筋に何度もキスを落としていく。

ただでさえ恥ずかしい想いでいっぱいだというのに、こんなことをされてはもう限界だった。

「かわいい、顔が真っ赤だ。ニナは俺のことが大好きなんだね」

「もう許してください」

もはや恥ずかしがるのが馬鹿らしいとさえ思えてくるほど、羞恥心でいっぱいにされた私は、大人しく観念することにした。

ベッドから出て並んでソファに腰掛けた後、気になっていたことを尋ねてみる。

「そもそも、どうして私のところへ来てくれたんですか？」

ただ絡まれていただけで、特にピンチだったわけではない。周りには人気もなかったし、あのタイミングで駆けつけてくれたのが不思議だった。

第四王子が見張りをまいただけなら、オーウェンまで連れてアルヴィン様が来るはずがない。間違いなく、彼が私と関わっていると分かっていた上での行動だろう。

「ああ、それはニナがいつどこで何をしているか分かる魔道具のお蔭だよ」

つらっとすごいことを告げられたけれど、もちろん私は初耳だ。

とは言え、今更これくらいで驚いたりはしない。

むしろそんなアイテムを所持しながらも、これまで装着されていなかったのが不思議だと思わせてくれるのが、アルヴィン様という人だった。

「あ、もしかしてこのドレスのブローチの宝石ですか？」

「うん。勝手にごめんね、あの男がここにいる間だけはと思ったんだ。もう外して大丈夫だよ」

「分かりました。でも、どうして言ってくれなかったんですか？」

そう尋ねると、アルヴィン様は長い金色の睫毛を伏せた。

「ニナが嫌がると思ったから。それでも心配で無断でつけてしまって、本当にごめん」

「いえ、別に嫌ではないですよ」

「……本当に？」

すぐに頷けば、信じられないという顔をされる。

「はい。アルヴィン様に知られて困るような行動はしないですし、不安になった時はいつでも言ってください。一日中つけておくので」

するとアルヴィン様の腕が伸びてきて、抱き寄せられた。

「ニナは優しいね。だからあんなゴミに目をつけられるんだろうね。──うん、決めた」

「決めた？」

やけに眩しい笑みを浮かべるアルヴィン様は、私の右手を取ると、まるで絵本に出てくる王子様みたいに口付けた。

傍から見ると素敵なワンシーンだろうけど、なんだか嫌な予感がしてしまう。

「もう二度とニナに求婚する愚かな人間が現れないよう、早急に結婚しよう？」

「えっ？」

「二カ月後はどうかな」

「ええっ」

婚約は来月、結婚式は半年後の予定だったはず。

王族の結婚式というのは色々と準備が必要だというのに、アルヴィン様は「大丈夫だよ」「俺が全部何とかするから」と言ってのけた。

そしてアルヴィン様がそういう時は、本当に何とかしてみせることも私は知っている。

「ニナは嫌？」

「い、嫌ではないですけれども……」

「良かった。ありがとう」

アルヴィン様は満足げに微笑み「じゃあ、決まりだね」と頷いている。

「でも、陛下が良いって言うんでしょうか」

「言わせるよ」

「…………」

あっさりと断言したアルヴィン様は、絶対に通るという自信があるようだった。

オーウェンも先日「この国の実権を握っているのは、陛下じゃなくアルヴィンだから」と言っていたことを思い出す。

あの言葉は本当なのかもしれない。

「これでニナ・ワイマークになると思うと、嬉しいな」

「た、確かに……なんだか照れますね」

私はこの世界に来てから、自分の苗字を名乗ることはなかった。元の世界でも、自分の苗字という感じがしなくて、なるべく名乗らないようにしていた。

この世界でのファミリーネーム、それも王族のものを名乗ることになると思うと、なんだか不思議でそわそわしてしまう。

それでもアルヴィン様と家族になれるのは、心から嬉しかった。

これから色々と大変だということも分かっているけれど、いくらでも頑張れる気がする。

「本当は結婚式、したくないんだ」

「どうしてですか？」

「世界一綺麗なニナの花嫁姿を、誰にも見せたくないから。またニナを好きになったなんて、ふざけたことを言う人間が出てくるかもしれない」

「…………」

けれどその前に、この認識だけはやっぱりなんとかしてほしいと、切に思った。

書き下ろし

永遠を誓って

あっという間に結婚式の日取りが決まったある日、私はちょっと懐かしさすら感じる相手と向かい合っていた。

「お前は俺をどれだけ驚かせたら気が済むんだ？」

久しぶりに会ったブルーノは肩を竦め、大袈裟に溜め息を吐いてみせる。

私が再びこの世界に来た当初——メイサ村で暮らしていた頃、お世話になっていたのが商人のブルーノだった。

彼は元聖女という身分を隠していた私の代わりに、ポーションを売り捌いてくれたり、魔物討伐の仕事を振ってくれたりと、たくさん助けてくれていた。

けれど、ブルーノと第二都市であるセレヴィスタのお祭りに行き、そこでアルヴィン様と再会して王城へ来てからは、一度も会っていなかった。

何度か手紙のやりとりはしていたものの、再会した際、私がブルーノと手を繋いでいたのをアルヴィン様は根に持ち続けているのだ。

そのため、毎回アルヴィン様の監視の下でブルーノへの手紙を認めることとなり、当たり障りのない近況報告しかできていなかった。

「本っ当に、色々と申し訳なく思っております」

「ま、お前が元気そうで安心したよ。それに幸せそうだしな」

悪戯っぽく笑うブルーノにつられて、こちらも笑顔になる。

いつも心配してくれていた彼は私にとって、兄のような存在だった。

「とは言え、元聖女ってだけでも驚いたのに、王妃になるってのは予想外すぎるんだが」

「実は私も不安でいっぱいでして……」

私達の結婚と同時に、アルヴィン様は王位を継承することになった。陛下が高齢であること、アルヴィン様の国に尽くしていきたいという想いが伝わったことから、すんなり決まったそうだ。

その結果、私が王妃になることも決定してしまった。

王妃の責務を今の私が全うできるとは思えないものの、頑張りたいと伝えたところ、アルヴィン様もできる限りのことをして支えると言ってくれている。

「それでね、ブルーノを呼んだのは結婚式の準備を手伝ってもらいたいからなんだ」

「……俺に？」

「うん」

彼を今日ここに招いたのは、商人としての仕事を頼むためだ。

ブルーノの商人としての腕を見込んでいるのはもちろん、王族の結婚式となると規模は相当なものになるため、動くお金もかなりの額になる。その分、仲介するブルーノの儲けもうんと出るはず。

何よりブルーノは平民のため、貴族相手の仕事では足元を見られ、損をすることが多いという話も聞いていた。

私達の結婚式で大きな仕事をすることで、商人としての地位も確立されたなら、これまでお世話になったお礼になるかと思ったのだ。

「本当に俺でいいのか？　ただの平民の商人が、国の一番の催しに携わるなんて……」

「私はブルーノがいいの」

もちろんアルヴィン様にも、許可は取ってある。

色々な兼ね合いや付き合いもあるはずなのに、全て私の好きにしていいと言ってくれた。それも周りには何も言わせないよう、私財を投じてくれるとも。

「二カ月後であまりにも急だから忙しくなるだろうし、受けてもらえるならだけど……」

半年後から二カ月後になったため、相当大変な思いをすることになるはず。

断られても仕方ないと思っていたものの、ブルーノはやがて口角を上げると、片手を差し出した。

「なんつーか、まだ現実味はないいんだけどよ。ニナの期待に応えるためにも、ニナに最高の花嫁になってもらうためにも、俺でよければ全力を尽くさせてくれ」

「ありがとう……！　本当に嬉しい！」

すぐにその手を取り、きつく握り返す。

ブルーノに快く引き受けてもらえたことで、ほっと胸を撫で下ろした。

「こちらこそありがとうな。……あ、これからはニナとか気軽に呼ばない方がいいか」

「今まで通りでって言いたいところだけど、人前では気をつけてもらった方がいいかも。でも、こういう場所ではニナって呼んでほしいな」

「おう、分かった」

私は全く気にしないものの、ブルーノが周りからどう思われるか分からない。友人に「ニナ様」なんて呼ばれるのは心苦しいけれど、これぱかりは仕方ない。

これから先、私の周りは大きく変わっていくことになる。

私自身、変わらなければならない部分もあるだろうし、しっかりしなければ。

「なあニナ、そろそろ話終わったか？」

「ううん。まだまだこれからだよ」

隣の部屋からシェリルを抱きかかえたテオが、ひょっこりと顔を出す。

「そっか。俺、眠いからこいつと寝てるわ。話が終わったら起こしてくれ」

「はーい」

「あ、アルヴィンには俺がサボってること内緒にしてくれな」

それだけ言うと、テオは大きな欠伸をひとつして、戻っていく。

多忙なアルヴィン様は私達を二人きりにさせないため、テオに監視役を頼んでいた。人選ミスだったようで、テオは全くその仕事をしていないけれど。

「王子様は相変わらずみたいだな」

ブルーノは「愛されてるねえ」「羨ましいわ」なんて言いつつ、息を吐いている。

その後はテオのいびきをＢＧＭに、ドレスから参列者への手土産まで打ち合わせをした。

「ただいま、ニナ。浮気はしなかった？」

「アルヴィン様、おかえりなさい。したって言ったらどうするんですか？」

「俺が人殺しになるだけだよ」

爽やかな笑顔で恐ろしいことを言ってのけたアルヴィン様は、今日も絶好調らしい。

無事にブルーノに手伝いを頼めたこと、もちろん浮気なんてしていないことを報告すれば、アルヴィン様も嬉しそうな様子を見せた。

「俺が急いだばかりに、ニナにも大変な思いをさせてごめんね」

「いえ、遅かれ早かれしていたことばかりですから」

私はこれから先、王妃教育としてマナーから国学、政治に至るまでみっちり教育を受けるスケジュールが詰まっている。

かなり厳しいものらしく、アルヴィン様も心配げな表情を浮かべていた。

「ニナ、無理はしないでね。表に出なくても済むよう、俺が何とかすることもできるから」

「ありがとうございます。でも、やれるだけのことはやってみたいんです」

アルヴィン様は以前から私は何もしなくていいと言ってくれているけれど、その場合、アルヴィン様の負担が今以上に増えてしまう。

まだまだ至らない私だけど、いつかアルヴィン様を支えられる存在になりたいと思っている。

そう伝えれば、アルヴィン様は「ありがとう」と微笑み、私を抱き寄せた。

「ニナがそう思ってくれているのが、本当に嬉しい。俺は一人じゃないんだって思える」

「はい。それに私だけじゃなく、みんなもいますから」

「ああ、そうだね」

最近は少しずつ、アルヴィン様が自ら周りを頼るようになったと聞いている。

これまで無理をして何でも一人でこなしてきたアルヴィン様が変わったことに、みんなも喜んでいるようだった。

アルヴィン様は「でも」と眉尻を下げる。

「ニナとの時間が減るのだけは、すごくつらい」

「この先ずっと一緒なんですし、少しの我慢です。それに結婚すれば、毎晩一緒に寝ることになるんですよね？　必ず毎日顔を合わせられます」

何気なくそう言えば、アルヴィン様は顔を背けた。

整いすぎた顔には何故か戸惑いと照れが浮かんでいて、どうしたのだろうと首を傾げる。

「……ニナ、意味が分かった上で言ってる？」

「意味ですか？」

よく分からず、なおも首を傾げる私の耳元にアルヴィン様は口を寄せた。

「本気で一緒に寝るだけだと思ってるなら、困るんだけど」

そう言われてようやく、自分がとんでもなく恥ずかしいことを口にしていたのだと気付く。

これまでアルヴィン様と何度も一緒に寝たことはあるけれど、手を繋いだり抱きしめられたりするだけなのが当然だったから、完全に頭から抜けていた。

何より初夜というものに、私は元々馴染(なじ)みがないのだ。以前、メイサ村の人々から簡単に話を聞いたことがあるだけで、詳しく知らない。

熱を帯びていく顔を両手で覆(おお)うと、アルヴィン様がくすりと笑ったのが分かった。

「良かった、その反応はちゃんと知ってたんだね。安心したよ」

「一生のお願いです、さっきのは忘れてください」

「それは無理かな」

顔は見えないけれど、今のアルヴィン様は絶対に意地の悪い笑みを浮かべているに違いない。

「ちなみに夫婦でも、今は毎晩一緒に寝ない方が多いよ。週に何度か、って決めているとか。昔は毎日が普通だったらしいけど、今は夫婦共に働いていることも珍しくないからね」

「えっ……？」

その上、私の知識は古いものだったらしい。

「で、では、やはり先ほどの私の発言は忘れていただいて……」

「俺はニナと一緒がいいと思っていたし、嬉しいよ。周りのことなんて気にせず、俺達は毎日一緒に過ごそう。俺もできる限り毎日早く戻るから」

やけに「毎日」という言葉を強調し繰り返すアルヴィン様は、毎晩一緒に眠るつもりらしい。

ついつい色々と考えてしまっては、今から緊張してしまう私の頭を優しく撫でると、アルヴィン様は大丈夫だよと声をかけてくれた。

「あまり怖がらないで。毎日ニナを取って食べようとするわけじゃないから」

「あ、そ、そうですよね……すみません」

思わずほっとしたものの、アルヴィン様は続けた。

「でも、結婚式の晩は覚悟してね。俺、これまでたくさん我慢してきたから」

「えっ」

そんな言葉に動揺してしまった私は、思わず身体を後ろに引く。けれど許さないとでも言うように腰に腕を回され、抱き寄せられた。

同時に過去、ラーラ達と交わした会話を思い出す。

『アルヴィンとまだ何もしてないの？　嘘でしょう？』

『う、うん』

『確かに意外だね。アルヴィンなら少しでも早く、ニナを自分のものにしそうなのに』

『ん？　何の話だ？』

『でも、貴族ってそういうの厳しいんじゃ』

『昔はそうだったけど、今はそんなこともないのよねえ。若い子達は特に「どうせ結婚するんだし」って考えで事に至るみたいだし』

『そ、そうなんだ……』

『おい、何の話なんだよ。俺も交ぜてくれよ』

『ニナはアルヴィンに本当に大切にされてるんだね』

ラーラやオーウェンと、以前そんなやりとりをしたことを思い出す。ついでに私の知識はやはり古かったのだと、今更になって思い知った。もっと早くにアップデートしておきたかった。

私以下の知識のテオを見て、油断したことを悔いる。

とにかくアルヴィン様は私のためを思い、色々と我慢してくれていたのだ。その分、私もきちんと向き合おうと決め、アルヴィン様をまっすぐに見つめた。

「わ、分かりました！　私、頑張ります」

アルヴィン様は少し驚いた様子を見せたものの、やがてふっと微笑んだ。

「ありがとう。これから先いくらでも頑張れそうだ。会えない時間も耐えられる気がする」

――そしてこの言葉通り、結婚式までの二カ月間、アルヴィン様はこちらが寂しくなるくらい、一緒に過ごす時間が減っても文句ひとつ言わなかった。

むしろ常に機嫌が良く、仕事の効率まで上がったらしく、周りは不思議に思っているようだった。

「ニナ、アルヴィンに何かしたの？　怖いんだけど」

「と、特には何も……」

友人達に色々と尋ねられたものの、まさか「初夜を楽しみに頑張っているみたいです」なんて口が裂けても言えるはずもなく。

結婚式がとても楽しみらしいよと、誤魔化すほかなかった。

そして迎えた、結婚式当日。

私もアルヴィン様も忙しく朝から晩まで息つく間もなかったけれど、大聖堂での挙式も王城での披露宴も、完璧な形で終えることができた。

途中、感極まって何度も泣いてしまいそうになったくらい素晴らしいものとなった。

多くの人の協力と頑張りがあったからこそで、周りには感謝してもしきれない。

「ニナ様、本当にお疲れ様でした」

「ありがとう。みんなは？」

「今夜は飲み明かすそうで、広間に集まっていらっしゃいます。アルヴィン陛下もご一緒されておりますが、すぐに抜けるとニナ様にお伝えするよう言付かっております」

披露宴が終わった後、廊下を歩きながらメイド達と自室へ向かいながらそんな会話をする。披露宴でも大騒ぎしていたみんなは、まだまだ飲んで騒ぐつもりらしい。

幼い子供みたいに大泣きしていたテオを思い出すと、笑みがこぼれた。

「あ、ブルーノ！」

前方から歩いてきたのはブルーノで、すぐに手を振る。

私はメイド達に少し下がるようお願いすると、今日の功労者の一人である彼に駆け寄った。二人きりにしてもらったのは、立場なんて気にせずにいつもの言葉でお礼を伝えたかったからだ。

「お疲れさん。ドレス、やっぱりよく似合ってるな」

ブルーノと選んだドレスも心の底から気に入ったデザインで、周りからも褒められていた。

「本当にありがとう。ブルーノのお蔭ですごく素敵な式になったよ。でも、ここ最近あまり寝れていないみたいだったから、心配で……」

「いや、気にしないでくれ。ニナのお蔭で次々と大口の仕事の依頼が入ってきてるから、そっちの対応に追われててな。この先しばらく仕事に困ることはなさそうだ」

「そっか」

ありがとうな、とあらためて感謝をされ、胸が温かくなる。かなり無理をさせてしまったものの、ブルーノにとっても良い仕事だと思ってもらえたなら良かった。

「じゃ、俺はそろそろ帰るよ。また連絡する。本当におめでとうな」

「うん！　ありがとう！」

私はブルーノと別れると、まっすぐ自室へ戻った。

——いよいよ、この時が来てしまった。

あれよあれよというううちにお風呂へ連れていかれ、侍女達に磨き上げられた私は現在、薄暗い寝室のベッドの上で一人体育座りをしている。

ドキドキしすぎて、口から心臓が飛び出しそうだった。

「ど、どうしよう……どうしようもないんだけど……」

もちろん、これから何をするのかは分かっているし、この日まで心の準備をしてきたはずだった。

それでもやはり、緊張してしまう。

「ニナ、遅くなってごめんね。あいつらがなかなか放してくれなくて」

「いえ！　お疲れ様です」

やがてアルヴィン様がやってきて、ごく自然に私の隣に腰を下ろした。

ふわりとお酒の香りが鼻を掠める。

「アルヴィン様、酔ってますか？」

「少しだけね。珍しくディルクにも勧められて、断れなかったんだ」

そのままベッドに横になると、アルヴィン様は目を閉じた。いつもと変わらない様子に、少しだけ肩の力が抜けていく。

私もアルヴィン様の隣に横になると、横顔を見つめた。

「今日のニナ、本当に綺麗だったな」

「アルヴィン様こそ、とても素敵でした。最初、直視できなかったくらい」

華やかな王族の正装を身に纏ったアルヴィン様はあまりにも神々しくて、この人が自分の夫になるなんて信じられないほどだった。

アルヴィン様はゆっくりと目を開けると、私の方を向く。

そして目が合った瞬間、幸せそうに微笑んだ。

「……ずっと、結婚式なんて何の意味もないと思ってたんだ。ただの義務でしかなくて、面倒で見栄を張るだけのものだと」

突然の告白に、内心驚きながらも静かに相槌を打つ。

「でも、違った。あいつらが嬉しそうにしているのも、大勢の人々に祝福されるのも——何よりニナが幸せそうな顔をしているのも、全て嬉しかった」

「アルヴィン様……」

「ありがとう、ニナ。今日は幸せな一日だったよ」

「わ、私こそ、ありがとうございました。アルヴィン様と結婚できて、良かったです」

アルヴィン様の言葉が嬉しくて、視界が揺れる。

泣き出しかける私を見て、アルヴィン様は困ったように微笑んだ。

「泣かないで。最近のニナは泣き虫になったね」

抱き寄せられ、目尻に口付けられる。

そのまま唇は頬（ほお）へと下りてきて、やがて唇を塞がれた。角度を変え、だんだんと深くなっていく。

いよいよかときつく目を閉じるのと同時に、アルヴィン様は私の肩に顔を埋（うず）めた。

「……アルヴィン様？」

「ごめんね。俺、思ったよりも浮かれているみたいだ。ニナがもう俺の妻になったんだと思うと、嬉しくてどうしようもない。俺にとっては、夢が叶ったようなものだから」

そんな言葉に、胸が締めつけられる。

これまでのアルヴィン様を思うと愛（いと）しくて切なくて、気が付けばきつく抱きしめていた。

「ねえ、ニナ。この先ニナが俺を嫌いになったとしても、別れたくなったとしても、絶対に逃がしてあげられないから覚悟してね」

「そんなこと、思ったりしません」

「俺が先に死んだとしても、再婚はしないで」

「しないから大丈夫ですよ」

「俺以外を好きになるなんて、絶対に許さないから」

結婚式の夜にそんなことを真顔で言うなんて、なんともアルヴィン様らしい。

けれど、私だって同じ気持ちだった。本当はアルヴィン様の立場を考えれば、私が早くに死んでしまった場合、次の妃を迎えるべきだというのも分かっている。

それでも。

「分かりました。その代わり、私が先に死んでも再婚はしないでくださいね。絶対に嫌なので」

そうお願いすればアルヴィン様は目を瞬いた後、不思議な顔をした。

理由を尋ねれば、私が束縛してくれるのは嬉しいけれど、再婚する可能性があると思われていたことに対して、少しだけ腹が立っているらしい。

「それに、俺に限ってその心配はないよ」

「どうしてですか？」

「ニナが死ぬ時に、俺も死ぬ魔法をかけるつもりだから」

「……もう、本当にどうしようもない人ですね」

アルヴィン様ならやりかねないから、笑い飛ばせない。

止めたところで、絶対に聞いてくれないことだって分かっている。

「俺の人生は全てニナにあげる。その代わり、ニナの全ても俺にくれないかな」

だからこそ、少しでも長生きしなければと決意しながら私は頷くと、静かに目を閉じた。

書き下ろし
エピローグ

「ねえねえ、おかあさまのこきょうの『いせかい』ってどこにあるの？」

「すごくすごく遠い場所だよ。行こうと思っても行けないくらい」

そう答えると、ヴィートはアルヴィン様と同じ色の目をぱちぱちさせた。

「じゃあ、どうやってきたの？」

「お父様がとても頑張ってくれたから来れたの」

「そうなんだ！　おとうさま、とってもおかあさまのことが好きだもんね」

「ふふ、そうね」

我が子にもバレバレらしく、なんだか恥ずかしくなる。

けれどアルヴィン様なら堂々と「当たり前だ」と言いそうだ。

「でも、たまにはかえりたいっておもわないの？　メイドのリンはお休みのたびにかえってるよ」

全く思わないと答えれば、こてんと首を傾（かし）げる。

「どうして？」

「私の家族も大切なものも、全部ここにあるから」

どうやら幼い我が子にはピンと来なかったようで、私は栗（くり）色の髪を撫（な）でると再び口を開いた。

「それに私が帰ったら、お父様が悲しんでしまうもの」

「泣いちゃうの？」

「そ、それはどうかな……」

父親の面目のためにも、ここはふんわり誤魔化しておこうと思ったのに。

「ああ、泣くよ」

「おとうさま！」

私達のもとへやってくるなり、アルヴィン様はそんなことを言ってのけた。

そしてヴィートを抱き上げ、額と額を合わせる。

「泣いて何もできなくなってしまうから、ニナにはずっとここにいてもらわないと。俺がいない時には見張っていてくれる？」

「もう、子供相手に何を言っているんですか」

何年経ってもブレないアルヴィン様に、つい笑ってしまう。

一方、ヴィートは真剣な顔で頷いている。

「ぼくも、おかあさまとおとうさまとずっといっしょにいたいもん。まかせて！」

「ありがとう、ヴィートは本当に賢くていい子だね。それに俺も同じ気持ちだよ」

アルヴィン様は愛息をきつく抱きしめると、穏やかな笑みを浮かべた。私と同じくらい我が子を愛してやまない彼は、今や周りから親バカと言われているくらいだ。

そんな中、こちらへやってくる複数の人影が見えた。

「ここにいたのか。約束通り、裏の森に遊びに行こう」

「ヴィーちゃん、おいで～」

「わあ、ディルクとラーラおばさんだ！」

「ちょっと待ちなさい、何よその呼び方。誰がそう呼ぶよう教えたの？」

「テオ」

「あいつ……」

なんとか笑顔を保っているものの、間違いなくテオに怒っているラーラは何度も「いい？　おねえさんよ！　おねえさん！」とヴィートに必死に教えている。

その隣でディルクは苦笑いをしながら、ヴィートの頭を撫でていた。

「じゃあ、少し遊びに行ってくる」

「ああ。ありがとう」

「いってきまーす！」

「いってらっしゃい、気をつけてね」

やがてヴィートはディルクに抱き上げられ、三人は王城裏の森へ向かっていく。

こうしてよく、みんなは我が子と遊んでくれている。ヴィートも彼らのことが大好きだった。

──大好きな家族と仲間達に囲まれ、本当に幸せだとあらためて実感する。小さくなっていく三人の姿を隣で見つめるアルヴィン様もきっと、同じことを思っているに違いない。

「……本当に、幸せだな」

「ふふ」

思わず笑ってしまった私を見て、アルヴィン様は首を傾げる。

「どうして笑ったの？」

「アルヴィン様も同じことを考えているだろうと思ったら、口に出されたので」

「じゃあ、ニナもなんだね」

「はい」

顔を見合わせて笑い、どちらからともなく手を繋ぐ。

そして、これからもずっとずっと続いていくであろう幸せな日々に、私は思いを馳せた。

あとがき

こんにちは、琴子(ことこ)と申します。
この度は「元聖女ヒロインの私、続編ではモブなのに全ステータス（好感度を含む）がカンストしているんですが」2巻をお手に取ってくださり、ありがとうございます！
まずは無事に完結でき、大変ほっとしています。お話を最後まで書くって、とても大変だなと実感しています。応援、本当にありがとうございました！
カバーイラストの二人からもう幸せいっぱいで、私も胸がいっぱいです。

ここからはメインキャラクターについて語っていこうと思います。

まずはヒロインのニナですが、明るくてまっすぐで一生懸命で、周りから自然と好かれるようなかわいい女の子をイメージして書きました。まさに乙女ゲームのヒロインって感じですね。

それでいて辛い過去があり、人の痛みや寂しさが分かるので、アルヴィンみたいなヤンデレを惹(ひ)

きつけてしまうのかなと思います。

最初はアルヴィンの激重感情に戸惑い引いていたニナも、二巻ではアルヴィンを好きになり、しっかり受け止めていて、本作の中でも二番目に大きな変化だったのではないかと思います。（一番は後ほど……！）

家族とうまくいかなかったニナが、アルヴィンと幸せな家庭を築けるまでを描けて本当に良かったです。とても素敵なお母さんになるだろうなと思います。


オーウェンはとても私の好きなものを詰め込んでいて、できるならもっとニナへの恋とか色々と深掘りしたかったです。浮ついていた男性が本気になるのって、最高に良いと思います。

とは言え、アルヴィンの覚悟を知り、優しいお兄さんポジションで応援する姿も好きです。


不憫（ふびん）なディルクも、もっともっと色々書きたいことがありました。公爵令息でイケメンで騎士団長というとんでもないハイスペックなのに、あっさり失恋してしまうという……主人公達の次に幸せにしたいキャラクターランキングでぶっちぎりの一位です。

一巻のあとがきでも書きましたが、私は恋愛というのはとにかく行動をした人間が強いし、勝つ確率が高いと思っています。

お話を書く上でもそれを一番意識していて、アルヴィンは行動力の化身となりました。

一方、ディルクはニナとの友人関係が壊れるのを恐れ、想いを伝えることすらできずにいたのがやはり敗因ですね。
何もかもを、命を捨てる覚悟でもう一度ニナに会いたい、ニナを幸せにしたいと必死になるアルヴィンに、ニナを想う他の男性達が敵わないなと諦めがつくのも当然だろうなと思います。

次にテオですが、バレバレかと思いつつ私はこの子が本当に可愛くて好きで、隙あらば登場させていました。お子様だけどニナや仲間達のことが大好きで、まっすぐなテオは友達に欲しいタイプです。最初からニナとエリカにも気兼ねなく接し、二人もとても救われていたと思います。
きっと恋愛をしても、好きだという言葉を惜しまないタイプなんだろうと想像しています。

癖の強いお姉さんのラーラは日頃ふざけた態度ではありつつ、根は自分にも他人にも厳しい性格です。テオとの空気を読まない冷やかしコンビと、そこに巻き込まれるディルクの図も好きです。女友達がゼロだったので、これからはニナとエリカと三人で仲良く女子会してほしいです。私はこういう色気のあるお姉さんも超好きです……。

一番成長したのはエリカだったと思います。見た目とのギャップが激しいエリカはとにかく良い子で一生懸命で、最後は頑張りが報われ幸せになって良かったです。

最初はテオと……なども考えたのですが、テオにはまだ「恋愛ってなんだ？」状態でいてほしかったのと、エリカはキラキラした攻略対象を好きにならない気がして、今の展開になりました。

最後にアルヴィンですが、本当に最初から最後までニナ至上主義でブレないヒーローでした。

それでも、一番変化があったのはアルヴィンだと思います。辛い過去から誰も信じないと誓っていた彼がニナを好きになり、最後には仲間を信じることができるようになり……。

これからはニナや息子、そして仲間と共に幸せな日々を過ごしてほしいです。

すごくすごく思い入れのある、大好きなヒーローになりました。


そして今回もカバーイラストから挿絵まで、全てとても美しく素晴らしく描いてくださった藤丸先生、本当にありがとうございました！

作品に寄り添い、素敵な提案をしてくださり、何もかも最高のイラストに大感激しております。

幸せいっぱいな二人の姿をたくさん見ることができ、とっても幸せです。


担当編集さんにも大変お世話になりました。仕事のできる編集さんってこういう方なんだなと感銘を受けました。とてつもない安心感の中でお仕事をさせていただき、感謝が止まらず……。

本作の制作・販売に携わってくださった全ての方にも、感謝申し上げます。

最後になりますが、ここまでお付き合いいただき本当にありがとうございました！

本作はコミカライズも決定しており、これからもニナやアルヴィンの新しい世界が見られると思うと楽しみでなりません。

見たいシーンがたくさんで、今からワクワクしております。

本作はこれにて完結となりますが、今後もヤンデレや溺愛（できあい）をたくさん書いていくつもりなので、またどこかでお会いできると幸いです。

琴子

ダッシュエックスノベルfの既刊

Dash X Novel F 's Previous Publication

『元聖女ヒロインの私、続編ではモブなのに全ステータス（好感度を含む）がカンストしているんですが』

琴子

イラスト／藤丸 豆ノ介

**拗らせヤンデレ王子と、恋愛偏差値ゼロの元聖女の、
執着×ジレジレ×溺愛ロマンス！**

——生まれてから一度も、恋というものをしたことがなかった。

恋愛経験ゼロの仁奈は友人から勧められ、乙女ゲームをプレイするも、結果は友情大団円エンド。次こそ、と挑んだ二周目で、なんとヒロインの聖女としてゲーム世界に転移していた！

しかし、仲間とともに冒険をして世界を救い、今回も友情大団円エンドを迎えたと思った晩、何者かに殺され、元の世界に戻ってしまう。

——それから二年後。仁奈は新しい聖女がいる、続編ゲームの世界に再び転移。しかも全ステータスはMAXで、攻略キャラの好感度を示すハートもゲージは満タン。ただなぜか、王子・アルヴィンのハートだけが、真っ黒に染まっていて…⁉

ダッシュエックスノベルfの既刊
Dash X Novel F 's Previous Publication

『したたか令嬢は溺愛される ～論破しますが、こんな私でも良いですか?～』

沢野いずみ

イラスト／TCB

論破するしたたか令嬢×一途なイケメン公子の溺愛ストーリー、ここに開幕！


「お前との婚約を破棄する！」

婚約破棄を告げられた公爵令嬢アンジェリカ。理由は婚約者オーガストの恋人、ベラを虐めたからだという。だが、アンジェリカはベラのことを知らなかった。元々、王命で仕方なくした婚約。婚約破棄は大歓迎だが、濡れ衣を着せられてだなんてありえない！濡れ衣を晴らすため隣国の公子リュスカと共に調査を始めるが、同時に甘々なリュスカに翻弄されていく。

「惚れた女を助けるのは当然だろう?」

二人は力を合わせてベラを追い詰めていく。しかし、ベラには秘密があって——?

ダッシュエックスノベルfの既刊

Dash X Novel F 's Previous Publication

『ド真面目侍女の婚約騒動! ～無口な騎士団副団長に実はベタ惚れされてました～』

柏てん

イラスト／くろでこ

**堅物ヒロインと不器用な騎士が繰り広げる
ジレ甘ラブストーリー!**

堅物侍女のサンドラは仕事一筋のまま嫁き遅れといわれる年齢になり、結婚も諦めるようになっていた。そんなある日、弟のユリウスから恋人のふりをしてほしいとお願いされ、偽の恋人を演じることに。しかしその場に、偶然サンドラが思いを寄せる騎士団副団長のイアンが現れる。サンドラはかつて彼に助けられたことがあり、以来一途に彼を想い続けていた。髪も髭もボサボサのイアンは、サンドラが弟の恋人のふりをした直後になぜか髭を剃って突然の大変身！ 周囲の女性たちから物凄い美形がいると騒がれる事態に発展!?

さらに堅物侍女なサンドラのもとに、騎士団所属の侯爵子息から縁談が舞い込んできて…。

ダッシュエックスノベルfの既刊

Dash X Novel F 's Previous Publication

『爵位を剥奪された追放令嬢は知っている』

水十草

イラスト／昌未

想いと謎が交錯する恋愛×ミステリー開幕。

王都で暮らすアリス・オーウェンは、薬草栽培や養蜂が趣味の庶民派伯爵令嬢。ある日、アリスを慕う王子のガウェインが、オーウェン邸で飼う蜜蜂に刺され怪我をしてしまう。激怒した王はアリスの父から爵位を剥奪し、王都から追放。アリスは辺境の地で暮らすことになる。それから十年。父は亡くなり、薬草を育て養蜂を営みながら細々と暮らしていたアリスのもとにガウェインがやってくる。一度はガウェインを追い返すアリスだが、王妃の具合が悪いと聞き、特製の蜂蜜を渡すことに。おかげで王妃は快方に向かったように見えたのだが、なぜか再び彼女の体調が悪化する事態が発生。アリスは原因究明のため、二度と足を踏み入れるつもりのなかった故郷に行くと決めて……!?

ダッシュエックスノベルfの既刊

Dash X Novel F 's Previous Publication

『未来で冷遇妃になるはずなのに、なんだか様子がおかしいのですが…』

狭山ひびき

イラスト／珠梨やすゆき

すれ違い×じれじれの極甘ラブストーリー！

家族から疎まれて育ったグリドール国の第二王女ローズは、ある日夢を見た。豪華客船プリンセス・レア号への乗船。そして姉のレアの失踪をきっかけとして、自分が姉の身代わりとしてマルタン大国の王太子ラファエルに婚約者として差し出され、冷遇妃になる夢だ。数日後、ローズは父の命令で仕方なく豪華客船プリンセス・レア号に乗る。夢で見た展開と同じことにおびえるローズ。だが、姉の失踪を告げたラファエルは夢とは異なり、ローズを溺愛し始める。その優しさにローズもラファエルと離れたくないと思い始め——!?

元聖女ヒロインの私、続編では
モブなのに全ステータス(好感度を含む)が
カンストしているんですが 2

琴子

2023年3月8日　第1刷発行

★定価はカバーに表示してあります

発行者　瓶子吉久
発行所　株式会社　集英社
〒101－8050　東京都千代田区一ツ橋2－5－10
03(3230)6229(編集)
03(3230)6393(販売／書店専用)　03(3230)6080(読者係)
印刷所　株式会社美松堂／中央精版印刷株式会社
編集協力　石田絵里

ISBN978-4-08-632008-5　C0093

作品のご感想、ファンレターをお待ちしております。

あて先
〒101－8050　東京都千代田区一ツ橋2－5－10
集英社ダッシュエックスノベルf編集部　気付
琴子先生／藤丸 豆ノ介先生